A VIOLONCELISTA

MICHAEL KRÜGER

A violoncelista

Tradução
Sergio Tellaroli

Copyright © 2000 by Suhrkamp Verlag Frankfurt am Main

Título original
Die Cellospielerin

Capa
Raul Loureiro
sobre foto de Steve Vaccariello
(Stone/Getty Images)

Preparação
Otacílio Nunes Jr.

Revisão
Ana Maria Barbosa
Isabel Jorge Cury

Dados Internacionais de Catalogação na Publicação (CIP)
(Câmara Brasileira do Livro, SP, Brasil)

Krüger, Michael, 1943–
  A violoncelista / Michael Krüger ; tradução Sergio Tellaroli. —
São Paulo : Companhia das Letras, 2002.

  Título original: Die Cellospielerin
  ISBN 85-359-0241-4

  1. Romance alemão I. Título.

02-2126   CDD-833.91

Índices para catálogo sistemático:
1. Romances : Século 20 : Literatura alemã   833.91
1. Século 20 : Romances : Literatura alemã   833.91

[2002]
Todos os direitos desta edição reservados à
EDITORA SCHWARCZ LTDA.
Rua Bandeira Paulista 702 cj. 32
04532-002 — São Paulo — SP
Telefone (11) 3167-0801
Fax (11) 3167-0814
www.companhiadasletras.com.br

A VIOLONCELISTA

1.

De cemitério, não havia nem sinal. À minha pergunta sobre a direção a tomar, o taxista, um homem pesado e rabugento, com cara de passarinho, respondera com um gesto vago da mão direita, mas agora permanecia mudo, depois de ter reclamado a viagem toda e com crescente intolerância de um comentário provindo do rádio e da voz esganiçada e metálica da central. Antes tivesse deixado à espera o amável taxista que, uma hora antes, me trouxera do aeroporto de Budapeste para o hotel. Oferecera-me de tudo: jovens mulheres, boates, música cigana — basta o senhor pedir que eu arrumo. Mas, como queria descansar uns dez minutos antes do funeral, mandei-o embora. Onde está o cemitério?, perguntei do banco de trás ao cara de passarinho, que, tranqüilíssimo, acendia outro cigarro na guimba do anterior, provocando uma chuva de faíscas sobre o pulôver de malhas largas. O táxi estava parado debaixo de uma árvore em frangalhos, as folhas pendendo sem forças e banhadas em fuligem; mais adiante, abria-se uma praça abandonada, na qual chocava um carro velho e sem rodas; na distância, duas ou três casinhas baixas. Gente e túmulos, não havia naquele deserto. Graças a Deus, o porteiro do hotel havia anotado o endereço do cemitério, e agora eu procurava o tal papel na estreiteza angustiante do carro esfumaçado, repleto de sons incompreensíveis, sob o olhar mal-humorado do motorista. Comecei a suar em bica. Supunha que, em princípio, os taxistas daquela parte do mundo dedicavam-se a enganar os passageiros, razão pela qual concedera ao porteiro, que me confirmara essa suspeita, uma boa gorjeta; mas, que o letal taxista fosse simplesmente me abandonar em algum ponto daquela terra de ninguém, e apenas por prazer, isso estava acima da minha compreensão. Por outro lado, não podia irritá-lo, porque mal se via um carro por ali, que dirá um táxi — e, sobretudo, até onde minha vista alcançava, não se via cemitério nenhum. Eu procurava o papel, o homem fumava feito chaminé e tossia de boca aberta, absorto; então, abriu a porta do carro e cuspiu uma pesada gosma no chão poeirento. A situação era, ao mesmo tempo, tão revoltante e humilhante que eu já estava a ponto de gritar-lhe o nome do hotel, para que me levasse de volta ao ponto de partida, quando, por fim, encontrei a anotação, toda amassada, no bolsinho do paletó, estendendo-a triunfante para ele. Aqui está o endereço, cemitério, clamei à muda criatura, que, de soslaio, espiou o estropiado documento e, circunspecto, pôs-se a assentir com a cabeça. Acionada novamente a partida, o homem voltou a resmungar e praguejar consigo, como se tivesse enfiado a chave da ignição no controle da fala. As perspectivas não melhoraram, sobretudo porque uma chuva fininha começou a cair, encobrindo com um véu cinzento aquela desolação. A esperança de chegar ao cemitério meia hora antes do funeral — a fim de, por um lado, poder ter uma idéia de onde era o túmulo e, por outro, sondar as possíveis rotas de fuga — esvaiu-se naquela minha jaula fumegante. Quem poderia dizer se chegaríamos lá um dia? E isso porque, agora, vociferando e bufando, o motorista do veículo subia a rampa de acesso a um posto de gasolina, estacionando ao lado de uma bomba que não inspirava grande confiança. Desceu, pôs-se a revirar o porta-malas lá atrás e, só depois de tempo considerável, retornou a meu campo de visão. Abocanhava grandes pedaços de um portentoso sanduíche, segurando com a outra mão uma garrafa contendo um líquido turvo, provavelmente sidra. Enquanto ele mastigava e bebia ali em pé, já diante do radiador, pude ver que uma impigem vermelha e espraiada desfigurava-lhe o lado esquerdo do rosto, principiando acima do olho e vicejando pescoço abaixo, por dentro da gola do pulôver engordurado. Como o desfigurado não fazia menção de encher o tanque do carro, e tampouco se via frentista algum, arregacei casaco, paletó, camisa e pus-me a bater várias vezes com o indicador direito em meu relógio de pulso, equivocando-me na suposição de que aquele gesto haveria de ser entendido em qualquer parte, e, portanto, também ali. Ele não moveu sequer um músculo do rosto. Somente quando o sanduíche já desaparecera goela abaixo, e tendo a garrafa sido alojada de volta no porta-malas, foi que o homem se dignou a dar início ao processo de abastecimento. E quando, enfim, o marcador da bomba parou de girar, ensejando alguma esperança de afinal virmos a alcançar o destino rumo ao qual partíramos havia mais de uma hora, o homem escancarou minha porta e desatou a berrar palavras rudes. Só podia ser questão de dinheiro. Assim sendo, obedeci à ordem e puxei o maço de notas que, no hotel, uma cansada senhora me dera em troca de uma cédula de cem marcos; depositei uma nota de valor médio na mão estendida à minha frente. Que, no entanto, não se fechou mesmo depois do acréscimo de duas outras notas àquela primeira. Enquanto isso, um grupo mudo de maltrapilhos se aproximara, compondo um semicírculo em torno do motorista e passando a acompanhar com grande interesse aquela muda negociação. O grupo contava inclusive com uma mulher usando gorro de lã, que, abusada, curvou a cabeça de cabelos desgrenhados rumo ao interior do carro e agora estendia a mão também, para quem sabe apanhar uma das cobiçadas notas. Eu não tinha idéia de quanto dinheiro havia dado e de quanto ainda tinha na mão, mas a hostilidade a que me via exposto não propiciava tempo suficiente para cálculos. Precisava agir. Partir para o ataque era tudo que restava para libertar-me daquela situação. Assim, lancei as pernas para fora do carro, saltei do banco traseiro segurando firme o dinheiro restante, postei-me de pé, pernas abertas, diante do grupo que circundava o desfigurado taxista, contive-me por um instante e então gritei, tão alto quanto podia: se não me levarem ao cemitério imediatamente, vou chamar a polícia e botar todo mundo na cadeia. E, enquanto gritava, inflamando-me com meu próprio tom militaresco e orgulhoso de uma coragem que nem sabia possuir, passei a dar com o punho no peito daqueles seres assustados, varrendo até mesmo, com um golpe ágil, o abusado gorro da cabeça da mulher. O próprio motorista pareceu impressionar-se. Agora, eu só não podia parar, perder o controle da situação. Quando, em minha fúria crescente, estava já pulando no pescoço do cabeça de passarinho, um homenzinho todo sujo de graxa se interpôs, indagando em perfeito alemão sobre o motivo da violenta desavença. Quero ir ao cemitério, bradei, onde fica o maldito cemitério, para onde este idiota não quer me levar nem com reza brava, mesmo já tendo me arrancado um bom dinheiro? É uma vergonha a maneira como visitantes são tratados neste país, que desrespeita as regras mais básicas da hospitalidade, a Hungria toda está minada por patifes para quem as leis da civilização não têm valor nenhum...

Cemitério? Cemitério?, perguntou o homenzinho cheio

de graxa. O senhor quer ir para o cemitério? E já foi me desarmando com seu sorriso amistoso, enfiando-me de novo no banco traseiro, enquanto o taxista com a purulenta impigem retomava seu posto ao volante, acionava a partida e, sob o aplauso dos curiosos, rumava de volta à rua, na qual, de fato, passados uns poucos minutos, alcançamos o cemitério. O senhor me espera aqui, ordenei. Esperar, entendeu? Apontei para meu relógio, ergui dois dedos e repeti ainda uma vez: espere aqui. Sobre dinheiro, não havia mais o que conversar. Depois de comprar um buquê de flores de uma adorável mulherzinha desdentada, lancei um último olhar para o táxi e ainda pude vê-lo dobrar a esquina, resfolegante e barulhento. Graças a Deus, pensei, melhor assim; e, como só podia supor que aquilo me pouparia uma montanha de dinheiro, depositei mais uma nota na mão calosa da mulherzinha do cemitério.

A chuva aumentou. Diante da câmara-ardente, uma construção já deteriorada, grandes poças haviam se formado, era impossível saltar sobre elas. Tinha-se de chapinhar pela água. Um homem uniformizado encontrava-se postado à soleira da porta, como se fosse o acompanhante dos mortos, sorridente, observando os esforços inúteis dos visitantes que buscavam manter os pés secos. Que cuidado diante da morte!

No meio da poça, desencorajado, girei sobre os calcanhares, dei um grande e desajeitado salto e, com os pés molhados dentro dos sapatos amolecidos pela água, caminhei por terra firme cemitério adentro. Somente após algum tempo de caminhada apressada, como que atraído por uma meta, pela extensão aparentemente infinita do estranho campo-santo, fui, aos poucos, reencontrando minha calma. A ordem muda das lápides, antigas e desaprumadas companheiras arqueando-se em parte sobre restos mortais austríacos, obrigou meus passos a um ritmo mais sereno e meus pensamentos, a uma agitação menos instável. Passados dez minutos, braços cruzados às costas, eu já havia me familiarizado de tal maneira com a morte que, por fim, pude me sentar num minúsculo banco ao lado de um túmulo desgrenhado, com o intuito de fumar um cigarro. A chuva havia parado. Bem acima de mim e do pequeno túmulo, as nuvens, compelidas pelo vento e como que salpicadas de canela, formavam agora a figura bizarra de um urso ereto, as patas erguidas. À beira da lápide que guardava os restos de certa Martha Lunkewicz, cresciam cogumelos de uma espécie muito pálida, do tipo dos que eu conhecia dos cemitérios berlinenses, só que mais carnudos. Comestíveis ainda, mas não por muito tempo. Martha desencarnara em 1956 — ou fora desencarnada, difícil dizê-lo em se tratando do ano em questão. Estivera neste mundo por dezenove anos. Por que não haviam inscrito seu local de nascimento na lápide?

À parte minha clara consciência de nada ter a ver com aquele lugar, sentia-me bem, sentado naquele banco baixo e oscilante, cujos pés já se haviam fincado bem fundo na terra, ao passo que meus pés molhados repousavam sobre a hera manchada. Eu depositara o maço de cigarros sobre o túmulo, a pedra rabugenta parecendo ostentar agora um quepe vermelho, e apagara a bituca enterrando-a com cuidado na grama do chão. Talvez Martha e Maria tenham sido amigas. O pai de Martha talvez fosse polonês, membro do partido; a mãe, de Budapeste. Talvez fossem vizinhas, tendo tocado juntas. Martha, mais velha, num vestido de veludo desbotado da avó, um broche de brocado no peito, ao piano. Maria, de meinhas brancas com os lacinhos já frouxos, ao violino. Todas as terças e sextas das duas às quatro; mais que isso, os vizinhos não permitiam. Muito concentradas, a despeito do piano desafinado; Martha, às vezes, com má vontade, quando a parceira mais jovem não conseguia manter o compasso. Bartók. Depois de tocar, as duas ficavam ainda um tempo à janela, contemplando em silêncio a rua. O que você está vendo?, perguntava Maria. Nada, vinha a resposta, não estou vendo coisa alguma. Quando terminar o conservatório, como você imagina que vai ser nossa vida? Vamos morar em Paris, Martha dizia, sem um carro com dois homens parado diante da porta, abrindo os vidros a cada oito minutos para jogar fora as bitucas. Por que os policiais vivem fumando?

Certa vez, surpreendi Maria olhando fixo pela janela de um hotel de Varsóvia, como que petrificada, o braço direito erguido em diagonal sobre a vidraça, a mão esquerda servindo de apoio no parapeito, o que fazia com que a arquitetura de seu corpo parecesse escorregar. Ao entrar, vi que ela chorava, porque a vidraça embaçava-se sob a cabeleira ruiva, desenhando um círculo de leite cujo raio aumentava e encolhia ao compasso da respiração. Quando me aproximei e perguntei o que tinha acontecido, apontou em silêncio para um carro do outro lado da rua, dentro do qual três fumantes baixavam os vidros bem naquele instante, atirando na rua as bitucas, que ainda soltaram minúsculas faíscas antes de se extinguirem na neve semiderretida. Minha infância — mais não foi possível arrancar dela.

Também Judit postava-se com freqüência à janela, olhando para fora, até mesmo enquanto falava comigo. Um magnetismo que as janelas exerciam, uma compulsão genética que a impelia à janela mesmo quando o inimigo já não estava sentado num carro lá fora fazia muito tempo, mas detinha-se agora às suas costas, no mesmo cômodo, a um respirar de distância. Se, à época áurea dos terríveis tormentos, alguém a observasse a partir da rua, postada à janela com os braços erguidos e o semblante desfigurado, talvez a tomasse por uma atriz dramática num ensaio de *Medéia*, ou simplesmente por louca. Quando, então, para espairecer por uns poucos segundos, Judit pressionava a testa ou a palma das mãos contra a vidraça, tinha-se ali a perfeita imagem de uma mulher trancafiada. Uma vez, ao brigar comigo, ela, ao compasso de sua raiva, batia com tanta violência contra a janela a capa de um CD com os concertos completos de Beethoven para piano que a vidraça estilhaçou-se à altura do rondó do Concerto nº 2.

Talvez, pensei comigo, sentado diante do túmulo da desconhecida Martha, talvez Judit tivesse sentido instintivamente que, em virtude da proximidade com a mãe — que não era senão uma dependência conduzindo por vezes a uma imitação que beirava o ridículo —, ela jamais seria capaz de atingir plenitude própria como artista. Permaneceria sempre a imitação perfeita, o duplo de uma mãe genial. Você não é a filha da Maria? Talvez sua pretensão hipocondríaca de arrastar justamente a mim para o interior de seu círculo nada mais fosse que a tentativa de escapar da sombra de Maria sem precisar apartar-se dela de fato, porque Judit tinha a profunda convicção de que eu próprio jamais teria coragem para desgarrar-me da corte de Maria, estivesse vivendo com outra mulher ou sozinho. Estava infectado. Uma infecção sem cura, para toda a vida. Talvez Judit acalentasse a esperança de, a meu lado, poder se esconder de Maria por um tempo. Por outro lado, era inteligente demais para joguinhos dessa natureza.

Pobre Martha Lunkewicz. Tinha de ouvir todas essas confusas reflexões de um homem carregado a despejá-las em sua tumba. E ainda não era tudo. Uma grande pergunta pairava sobre a vastidão geral das demais que eu tinha a responder: por que Judit escolhera justamente a mim? Deus sabe quantas outras figuras na vida de sua mãe poderiam se prestar àquele propósito. Maestros, pianistas, compositores, críticos — todos necessitados de cuidados contínuos numa cultura adoentada, indo chorar no ombro de Maria e deixando-se consolar por ela, todos famosos, imaturos, inacabados, gente que hoje, soberana, entusiasma as salas de concerto; estavam todos ali, à disposição dela, não há dúvida de que teriam adorado servir aos caprichos de Judit. Por que fora ela escolher justo alguém acometido pelo demônio do fracasso, tendo o juiz já aberto a contagem, alguém que enfim encontrara a paz, porque nada mais queria? De súbito, ocorreu-me que ela talvez procurasse alguém a quem impor o que entendia por vitória. Precisava de um perdedor para testá-lo, alguém que lhe seria fácil vencer. Sim, porque tinha necessidade de ganhar sempre. Se íamos juntos a um concerto e um conhecido qualquer deixava de cumprimentá-la, eu logo me sentava e punha-me a examinar o programa, ao passo que ela permanecia em pé entre as fileiras de assentos até ser reconhecida. No intervalo, enquanto eu ainda aplaudia, ela era a primeira a abrir caminho da sala de concertos ao hall, para que todos a vissem. E se, afinal, encontrava alguém ainda absorto no que acabara de ouvir, punha-se sem a menor cerimônia a atormentá-lo com sua opinião acerca dos músicos e da obra, até ouvir apenas e tão-somente palavras de concordância. Lembrei-me de um concerto de Stockhausen a que assistira com ela, uma obra desconjuntada, à qual nem mesmo os músicos mais valentes haviam conseguido dar um nexo. Não obstante, já no intervalo Judit havia conseguido reunir um jovem círculo ao nosso redor, ao qual explicava com voz excitada e gestos esvoaçantes por que razão aquilo que acabáramos de ouvir era uma obra-prima, e, de fato, nos quinze minutos que tinha à disposição, conseguira inflamar de tal maneira a atmosfera reinante que, ao final do concerto, músicos estupefatos foram brindados com aplausos frenéticos e, sem sombra de dúvida, assaz exagerados.

 De repente, o maço de Marlboro estava vazio. Riscara o fósforo e o tinha aceso entre os dedos, mas deixei-o cair sobre o túmulo de Martha Lunkewicz, onde um sibilo extinguiu-o de pronto. Descanse em paz. Um sol tímido, mas capaz ainda de aquecer um pouquinho, abrira caminho entre as nuvens. Ao me levantar, ouvi estalar minhas juntas. Um velho ao lado de um túmulo estranho num cemitério de Budapeste. Com excessivo cuidado, abotoei o casaco, curvei-me um pouco sobre o túmulo cuja inquilina se transformara em testemunha de um singular autoquestionamento, o qual, no entanto, não conduzira a lugar algum. Eu precisava reviver aquela história toda, dia após dia, em busca da solução para o mistério. Tinha de haver uma chave.

Quando me virei, vi por entre as ralas árvores e arbustos um cortejo fúnebre vindo em minha direção. Só podia ser ela. Um enxame de abelhas negras seguindo um caixão adornado com flores, carregado por um pesado carro de madeira. Eu podia ouvir o cascalho sendo triturado pelas rodas. Ergui apressado a gola do casaco, enfiei no bolso o maço de cigarros vazio e parti na direção oposta à dos enlutados, rumo à saída. Estava no lugar errado, não havia dúvida.

Em pé, diante da entrada do cemitério, estava o taxista, o cigarro fumegante no canto da boca, a impigem vermelha como sangue reluzindo à luz pálida do sol.

2.

Há uma hora do dia na qual todas as decisões importantes de minha vida — quando sujeitas a planejamento consciente, e não resultantes apenas do apressado encadeamento de acontecimentos fortuitos — são tomadas, a saber, entre seis e sete horas da manhã. Com terrível regularidade, acordo sempre às seis horas e, vez por outra, assisto ainda ao ponteiro dos segundos de meu relógio de pulso encaminhar-se para o doze, produzindo o que, às vezes, defino como a única linha verdadeiramente reta em minha vida.

Tudo o que acontece depois das sete nada mais é do que realização prática, melancólica execução. Se, de manhã, me vem à cabeça uma complicada seqüência de notas, ela se dissolve ao longo do dia e, à noite, já desapareceu por completo. Se, pela manhã, planejo apartar-me de todas as minhas ridículas obrigações e passar da diversidade à uniformidade, o dia me fornece milhares de razões para efetuar essa transição com suavidade, e, já antes do jantar, aceito o fato de que, por enquanto, tudo permanecerá como estava. É apenas durante aquela minha hora que me sinto livre de fato; o restante do dia é um tormento, impressão petrificada dessa produtiva inquietude que me acomete tão logo acordo. Essa é também a razão pela qual nunca me interessei de verdade por meus sonhos, nem mesmo outrora, quando o mundo todo resolveu debruçar-se sobre si próprio, a fim de explorar e interpretar à exaustão, e com os mais variados propósitos, o teatro de sombras da psique. Psicanálise e música — quantas vezes não freqüentei aquele curso que reunia todas as estudantes bonitas. Por que a loira graciosa escolhera a harpa, que pressionava com tanta intimidade entre as coxas? Por que a moça de Münster, atarracada e bexiguenta, soprava seu fôlego parco num trombone? E por que Beethoven, um belo dia, decidira não querer mais ouvir suas próprias notas? Até mesmo a pergunta acerca das inclinações homossexuais de Schubert irritava minha geração. "O efeito da renúncia sobre a produção artística" — assim se chamava o curso que todos queriam fazer. Por intermédio do ato de ouvir, dizia o programa, o compositor impõe aos ouvintes o reconhecimento da culpa que o compeliu à composição da obra. Éramos cúmplices, portanto. Se certas peças de Schubert nos levavam às lágrimas, reproduzíamos, assim, a culpa auto-imposta pelo compositor. E que culpa Stockhausen carregava nos ombros? Paralelamente a esse pesadelo, desenvolvia-se também o curso sobre música e marxismo, evento igualmente concorrido e dotado de caráter obrigatório. Enfim, como coroação daqueles anos, ofereceram-nos uma mescla de ambos os cursos: "Sobre a influência da psicanálise e do marxismo no desenvolvimento musical. A vida pulsional dos sons como expressão da consciência pesada do capitalismo industrial tardio, à luz de Stravinsky e Schönberg". Eram todos neuróticos obsessivos, disso não havia dúvida. Que fim tiveram todas aquelas belas teorias?

Se hoje, trinta anos mais tarde, alguém anunciasse cursos semelhantes, é provável que fosse declarado louco. De resto, não conheço músico que tenha lido mais do que uma linha de Freud ou Marx. Naquela época, éramos obrigados, não havia escapatória. E, nos intervalos desses grandiosos eventos de educação científico-humanista, hoje esquecidos, todos se sentavam juntos e contavam seus sonhos da noite anterior. Eu era o único que nada tinha a contar. Permanecia calado mesmo quando me gozavam, dizendo que minha negativa era sinal de que não estava lá muito bem sexualmente, de que era um recalcado ou simplesmente um desmancha-prazeres.

Todos assentem, sabem do que se trata quando falo de meu relógio interior. É coisa que qualquer um conhece! Amigos biólogos já me enviaram publicações especiais contendo pesquisas acerca do relógio interior dos pássaros e dos insetos. Nenhuma, porém, é capaz de avaliar o tormento desse despertar compulsório, a tortura que é ser obrigado a encarar o mundo a determinada hora, e isso sem falar nas conseqüências que tal constante biológica acarreta no planejamento do dia ou da vida. Sim, porque é evidente que não vou para a cama às onze da noite apenas para poder desfrutar do prazer de acordar cedo; tampouco deixo metade do vinho tinto na garrafa só para ter clareza mental pela manhã; e, pior, sou incapaz de desempenhar minha atividade artística dentro dos bárbaros limites que os genes implantaram em meu corpo. Depois de muito treino, porém, conseguia, já desde os tempos de escola, fechar de novo os olhos abertos e mantê-los fechados por mais uma hora, e é durante essa hora que até hoje me concedo o tempo para refletir sobre meus assuntos e — tanto quanto possível — tomar minhas decisões. Também a totalidade das minhas composições nasce ao longo desse período: o que se segue é apenas elaboração ulterior, polimento final. Talvez isso decorra do fato de que somente nessa hora imagino ser eu mesmo. Em todas as demais horas que passo acordado, entrego-me a comparações, o que faz com que, várias vezes ao dia, sinta-me tentado a jogar a toalha. Todo artista busca algo que o diferencie dos demais. E, percebendo logo que nada o distingue dos outros, vive inventando novos truques e artimanhas para fazer com que sua normalidade se apresente como algo especial. Alguns vivem disso. Inventam concertos para seis pianos e oboé, e reclamam quando o caminhão do lixo se esquece deles. Eu não inventei coisa alguma. Mas tenho algo que, evidentemente, ninguém pode tomar de mim: aquela hora entre seis e sete da manhã. O resto do dia se esvai e se desintegra, e todo esforço disciplinador — desde horários regulares para as refeições e o trabalho até os passeios que me foram prescritos — fracassa em poucas semanas. Às vezes, fico imaginando o que aconteceria se uma doença me privasse daquela hora. Eu acabaria de vez.

Devo a essa minha hora tanto as decisões por dois casamentos quanto aquelas pelos rompimentos dessas que eram, afinal, tristes uniões, bem como, é claro, todas as decisões relativas a minha obra. De resto, minhas duas mulheres dedicaram-se com comovente preocupação a estruturar meu dia e minha vida, ambas expuseram-me argumentos bons e convincentes, propondo-me desde o planejamento alimentar até férias fixas, da visita regular ao médico aos cuidados para o fortalecimento do corpo, mas todos esses bem-intencionados métodos educacionais, empregados às claras e (embora transparentes) às ocultas, não frutificaram sem a descoberta daquele que era o cerne de meu dia, o organizador secreto que, sozinho, decidia o que eu faria e o que deixaria de fazer. Se, às seis e meia da manhã, era decidido que eu deveria, sim, dedicar-me mais uma vez a minhas peças para piano, então podia acontecer de eu passar doze horas ininterruptas trabalhando nelas, sem me importar com mais nada;

não havendo decisão em favor do trabalho, em geral eu vagabundeava o dia todo, revirando velhos projetos ou em desenfreadas e despropositadas leituras de livros que, como num passe de mágica, multiplicavam-se sem parar e, desde a partida de minha esposa, se haviam instalado até mesmo em cômodos onde, antes, não eram tolerados: cozinha e banheiro. Como uma doença incurável, os livros tomavam a casa toda, e a ameaça, hoje expressa em todo canto, de que a era do livro estaria chegando ao fim parecia apenas aumentar-lhes a capacidade de resistência. Quantas vezes não me havia proposto a dar ao menos uma vaga ordem naquela massa de livros! Livros sobre música, na sala de música; literatura alemã, no quarto; clássicos latinos, na sacada fechada; história, no corredor; poesia, na despensa, um cômodo que, após a separação, estava de novo vazio. Meu senso fatal de organização resultou na montagem de caixotes para os casos duvidosos, caixotes que se espalhavam pelo chão e que, sempre que eu não sabia mais onde enfiá-los, acabavam no primeiro buraco vazio. De repente, Lucrécio via-se de novo na seção russa, ao lado dos ensaios de Mandelstam, e eu nutria a suspeita, contrária a toda categorização, de que os dois se compraziam na vizinhança. Na verdade, não havia nada melhor do que passar o dia inteiro revirando os livros, lendo um e outro, de modo que, enquanto a televisão alemã me permitisse tal vida, em troca de horrorosos temas musicais, eu não tinha por que me queixar. Desfrutava de minha vagabundice, pouco me importava o sucesso. Por certo, era doloroso que minhas *Travessias do tempo para piano e oboé* não encontrassem o reconhecimento de que, pela beleza e complexidade, eram merecedoras, e claro que me irritava também o fato de minhas duas óperas terem sido encenadas uma única vez na Alemanha (e muito ocasionalmente no exterior), mas, por outro lado, podia regozijar-me de, graças à fonte cada vez mais jorrante de minhas composições para a televisão, ter podido recusar uma cátedra, com todas as obrigações anexas, posto cobiçado por meus colegas, que, em geral, o obtinham. Tinha orgulho de ser um artista livre e autônomo, e a aposentadoria estava mais do que garantida pela sagaz e simpática atuação do comissário Michalke, que, uma vez por mês, resolvia um caso ao som de minha música. Entre minhas posses incluíam-se, além da casa em que eu morava, dois outros imóveis alugados, mais uma casa de campo na França; minhas duas mulheres haviam recebido compensação justa, e filhos, eu não tinha. Para minha música séria, encontrara um editor, que a administrava mais ou menos; os ciclos mais importantes de *lieder*, os quartetos e as peças para piano estavam disponíveis em discos e CDs, e o Teatro Municipal de Nuremberg me havia encomendado uma terceira ópera, que me manteria ocupado pelos próximos dois anos. Eu me juntara sem compromisso a um escritor das redondezas para, juntos, escrevermos o libreto, mas, até aquele momento, estávamos ainda empacados na escolha do tema. À tarde, ele às vezes aparecia com uma montanha de livros para o café e, ao anoitecer, quando ia embora ao encontro de uma de suas muitas namoradas, tínhamos derramado nossa fantasia sobre todo o repertório operístico mundial, mas seguíamos sem ter tomado nenhuma decisão. Ele queria trabalhar sobre um tema clássico, porque esperava poder, assim, embolsar sozinho os direitos, mas, fosse qual fosse a sugestão que trouxesse consigo, ela não me animava. Eu não queria dar voz a nenhuma Medéia. Queria levar ao palco uma das grandes figuras trágicas da poesia moderna — Zvetaiéva, Mandelstam, Pessoa —, pensando, antes do adeus da lírica, marcar com poderosa ênfase o desaparecimento definitivo da poesia rumo aos arquivos da insignificância; aí, porém, era ele quem não se animava. Em primeiro lugar, argumentava não ser líquido e certo que a poesia fosse desaparecer de fato; em segundo, aquilo era questão teórica, impossível de ser representada num palco; e, em terceiro, ninguém em Nurembergue, e menos ainda em Nova York ou São Paulo, se interessaria pelas máscaras de Pessoa ou pelo destino de Mandelstam. A morte de Mandelstam — uma questão teórica? E assim transcorriam nossas tardes, sem que uma única linha, que dirá uma nota musical, chegasse ao papel, e era bom que assim fosse. Sim, porque sem dúvida já estava definido de antemão que seria uma ópera sobre Mandelstam: assim eu decidira certa manhã, logo depois de acordar. O resto era discussão à-toa, uma maneira de matar o tempo para não ter de pôr mãos à obra.

Reunidas e à minha espera no escritório acessível apenas a mim e à faxineira, eu tinha edições de Mandelstam em todas as línguas possíveis e imagináveis; fotografias dele pendiam das estantes, nas quais, marcadas com bandeirinhas, apertavam-se memórias soviéticas, biografias de Stalin e histórias da Revolução, além de inúmeras obras sobre estética e história da literatura russa, livros de fotos, revistas e recortes de jornal — o programa da minha ópera estava pronto, apenas a ópera em si se fazia esperar. O canto da sereia não desejava ter início, eu tinha me acorrentado ao mastro sem necessidade. Não podia ainda me apresentar como Ulisses e ser festejado por aqueles que haviam entupido os ouvidos de cera.

Por que não começava? Não era porque Günter, o libretista, não estivesse pronto a aderir a minhas idéias. Desviava-me a atenção um outro problema, que demandava solução às primeiras horas da manhã. Pouco antes do Natal — ou seja, cerca de seis meses atrás —, eu havia recebido uma carta de uma amiga húngara de Budapeste, pedindo-me que intercedesse por sua filha na faculdade de música. Terminado o colegial, Judit fora aceita como aluna de violoncelo no conservatório de Budapeste e ali seguira com seus estudos, mas, por alguma razão que não me foi possível depreender da carta, deveria deixar o país para receber na Alemanha um "toque final" em sua formação. Eu precisava fazer aquele sacrifício em nome de nosso velho amor, Maria escrevera, e, embora o tom patético da carta me fosse penoso, e a invocação de nosso velho amor soasse como uma coação, pusera-me em ação de imediato, telefonando para conhecidos na faculdade, solicitando formulários e afiançando que me responsabilizaria financeiramente por Judit, caso ela não recebesse uma bolsa. Quando, então, na antevéspera do Natal, em meio à atmosfera sempre horrorosa dessa época do ano, eu afinal conseguira juntar forças para redigir uma resposta que, da maneira mais formal possível, deveria descrever as perspectivas de uma vinda de Judit, uma cópia perfeita da Maria que eu conhecera vinte anos antes apareceu diante da minha porta por volta das quatro horas da tarde. Olá, dissera a cópia, e, considerando-se a semelhança, não era necessário dizer mais nada. Perplexo, eu havia mergulhado no interior de um espelho no qual se viam centenas de outros, e, em cada um deles, via apenas Maria e eu, na sala de concertos e na cama; no museu e numa floresta polonesa coberta de neve, na qual uma tempestade retumbava um concerto diabólico; às margens do indolente Danúbio e nas ruas desertas de Leipzig — cada imagem transmitia-me sensações esquecidas, estímulos fugazes que, como ponto final dessa desvairada galeria, colocaram-me num estado de completa confusão. Entre, dissera afinal, acomode-se num dos quartos e descanse: daqui a uma hora, nos encontramos na cozinha. Eu próprio tinha de me preparar para aquela comédia.

 Mais de seis meses se passaram desde então. Judit continua vivendo em minha casa, com reivindicações cada vez maiores, e eu preciso com urgência fazer alguma coisa para afastá-la de minha vida.

3.

Quando não se sabe o que fazer, comprar jornais talvez traga algum alívio, pensei. Sentia-me como um descobridor em viagem exploratória ao descer as escadas escuras, esgueirar-me pelas portas e sair, por fim, rumo ao ar livre, que, de fato, deu-me a sensação de um campo aberto, um oásis de distração. Passara tempo demais em minha apertada mansarda, em meio à fumaça leitosa de incontáveis cigarros, prisioneiro de minha própria teimosia, sussurrando para mim mesmo os versos de Mandelstam, como se fossem palavras mágicas:

Saio agora do espaço
Para dentro da amplidão: parque abandonado
Rasgo a aparente permanência
Das causas, fortalecido,
Tua cartilha, eternidade, leio
Sem companhia, sozinho —
Tu, desfolhado receituário selvagem
De portentosas raízes em botão.

Mas nada de redenção, graça ou misericórdia. Nem mesmo inspiração. O destino de Mandelstam interferiu, seu rosto triste nas últimas fotos. Ficamos o poema e eu, e uma estreita faixa de barro e saber entre nós, transponível apenas com impetuosidade e violência. Não me tornei parte dos versos, por mais que os repetisse, e, permanecendo apartado deles, também sua sonoridade emudeceu. Como num duelo em que o sinal não é dado, palavras e sons aguardavam frente a frente, até que perderam o interesse uns pelos outros. Caminhando pela rua, ao contrário, as seqüências de sons chegavam até mim como que por si sós, e eu teria preferido retornar de pronto, escada acima, a fim de escrever determinado intervalo de oitava para flauta e piano. Mas deixei estar. Em se tratando de um poeta como Mandelstam, era preciso dar tempo ao tempo; eu não podia subjugá-lo, de modo algum.

Os jornais deveriam salvar-me, justo os jornais.
Evidentemente, comprara jornais demais, pois a voz rouca proveniente da câmara escura e atravessando as fotos coloridas cobrou vinte marcos e quarenta. A dona do quiosque era uma anã e tinha um nome que me dava muito o que pensar: senhora Stier.* Fiquei surpreso com a rapidez com que ela anunciara o total, considerando-se que eu estava comprando mercadoria incomum: *El País*, *Le Monde* e o *Guardian*, além das edições de fim de semana dos jornais alemães. Estava, claro, curioso para saber se mencionavam o pequeno festival no Escorial. Queria ler meu nome impresso. Estão falando no senhor de novo?, perguntou a anã, enrolando os jornais com suas mãos cartilaginosas, cheias de escamas, e prendendo-os com um elástico, o

---

* Em alemão, "touro". (N. T.)

que soou como um cricrilar. Era como se ela vestisse luvas rasgadas, esse era o aspecto que tinham suas mãos. Sem dizer palavra, depositei o dinheiro sobre o tampo de vidro do balcão, apanhei o rolo de jornais e desapareci, deixando para trás a moeda do troco, empurrada por garras vermelhas através do postigo. Essa anã. Era casada? Eu jamais vira nenhuma outra pessoa naquele quiosque, apenas e sempre a minúscula senhora Stier e seu poderoso bigode, sentada numa cadeira giratória e alta, o que se podia ver no verão, quando, por causa do calor, ela deixava aberta a porta de trás. Uma criança, pensara da primeira vez, uma criança sentada, com as pernas curtas e gordas enfiadas em tênis e balançando no ar. Algumas vezes, pensara em levar aquele quiosque para o palco, tendo a Praça Vermelha por cenário. Num banco ao lado, estaria Mandelstam, lendo o absurdo do mundo:

Como tudo é estranho na capital da indecência:
A terra aqui é pão seco e duro
Veemente a praça do mercado, pilhando ávidos
Erguem-se ameaçadores os ladrões do Kremlin.

Sentei-me num dos bancos dispostos em semicírculo ao redor da fonte que dominava o centro da praça. Um cansado chafariz murmurava baixinho. Quando vinha uma rajada de vento, uma fina espuma se espraiava pela praça, levando as pessoas ali sentadas à espera do ônibus a erguer o rosto. A cada cinco minutos, a escada rolante do metrô trazia um grande cortejo. Imóveis, de início, mal alcançavam a superfície, as pessoas, como que contagiadas, punham-se a passar correndo por aqueles que esperavam sonolentos nos bancos da praça, não raro com uma expressão de censura no olhar. Levantem-se, pareciam dizer, não abram suas almas preguiçosas ao ócio, mas os ocupantes dos bancos estavam pouco ligando.

Sob o olhar insípido de um homenzinho esfarrapado, ocupei-me por um bom tempo de separar o joio do trigo. O senhor lê rápido, comentou ele em meio à faxina que, com crescente agitação, eu fazia nos jornais e cujo resultado ofereci-lhe, sob a forma de uma pesada montanha de papel. Obrigado, respondeu, mas tenho casa em ponto excelente da cidade. Depois, retirou uma garrafinha de conhaque do bolso de dentro da jaqueta e deu um belo trago. Antes de tornar a guardá-la, esticou o braço e segurou-a no ar, tencionando dividir melhor a sua tarde. É..., disse, já era.

Lancei-me, então, à montanha menor de papel, o coração da matéria, e, sempre que topava com algo que me aborrecia, eu repetia aquele resignado "é...", até perceber que o estava repetindo sem cessar. O frio da noite que caía subia pelo metal gelado do banco e penetrava-me o corpo, mas eu ainda não podia parar. Restavam duas ou três pessoas na praça, feito rugas; o movimento acalmara e o homenzinho despedira-se fazia tempo. É..., resmunguei enfim, já na última página. Não havia encontrado meu nome.

O que aconteceria, de fato, se minha geração parasse de compor? Por certo, o mundo se tornaria mais pobre. Entoaria um lamento, um ruidoso clamor. Não desistam! Continuem! Precisamos da música contemporânea como do ar que respiramos! Mesmo que vocês acreditem já ter explorado virtualmente todas as variações possíveis e imagináveis, ainda há muito por fazer! Também na música há um progresso, resultado inescapável de sua própria matéria! Depois do compor construtivo, temos agora um compor desconstrutivo, de modo que vocês podem percorrer todo o caminho de volta até o começo, e produzindo!

Para possibilitá-lo, o Estado — a mais engajada das máquinas de produção artística — abriria novos cursos de composição, a televisão exibiria óperas novas duas vezes por semana, os deputados no Parlamento poderiam ouvir árias para barítono, trompete e trombone antes do início de cada sessão, e os populares concertos de música contemporânea ao ar livre aconteceriam todo fim de semana. Afinal, não há nada mais popular do que a música contemporânea, basta examinar os programas dos concertos: já quase não oferecem Beethoven, Mozart ou Schubert, mas, em compensação, a música contemporânea está em toda parte. No metrô, as crianças lêem partituras das óperas de Henze, e os velhos cantarolam felizes o *opus ultimum* de Schnebel. A música contemporânea transformou-se de fato num acontecimento, um acontecimento duradouro para uma sociedade de entusiastas musicais que sacode a própria imobilidade com nossas notas. Aquilo de que são incapazes a literatura, as artes plásticas e o teatro, nós conseguimos brincando. Em Munique, se alguém pergunta onde é o Herkules-Saal, só o que temos a fazer é apontar para a fila imensa, serpenteando pela cidade, um mar de gente à procura de ingresso para ouvir a nova sinfonia de Wolfgang Rihm. A música contemporânea transformou-se numa paixão doentia; por toda parte, encontramos virtuoses da percepção, capazes de descobrir um som mesmo onde nada soa: sapatos no calçamento, o ruído dos últimos bondes, a tosse solitária de uma jovem vítima da camada de ozônio no restaurante da moda — tudo é música, som, acontecimento. Não, não podemos desistir; temos de ir em frente, precisam de nós.

Fechei meu bloco de notas de tal maneira que os sons saltaram para fora, assustados. O mundo nasceu de um soluço e vai acabar num soluço. Assim como Deus se entediou ao brincar com a matéria morta, com as esferas incandescentes que, numa órbita mais ou menos precisa, zuniam-lhe ao redor da cabeça, sem um desvio perceptível ou contingência, vai entediá-lo também assistir às mascaradas sempre renovadas dos homens. E, de qualquer forma, ele não entende nada de música contemporânea. Parou em Bach. Quando ouve nossa música, entope os ouvidos de pesadas nuvens. Para ele, a música de Cage é narcisismo desmesurado, ruído egocêntrico. De resto, foi Deus mesmo quem nos meteu nessa. Afinal, ele queria que sempre houvesse mudança. Conclamou-nos a não nos fecharmos para novos hábitos auditivos. Deve haver algo de novo mesmo depois de Bach, depois de Mozart, Schumann, Schönberg, Stockhausen, Boulez, disse-nos ele. E assim foi que tornamos a tirar o violino do estojo e, mais uma vez, tocá-lo com os dedos e o arco, golpeando-o, despedaçando-o — e, vejam só, havia ainda uma pequena escala em meio ao entulho dos ruídos, uma seqüência minúscula, um choroso arpejo até então inaudito. Pois não, dissemos, eis aí algo de novo, mas ele nem se interessou: seguia pensando única e exclusivamente em seu cravo bem temperado. Enquanto simplifica e empobrece seu patrimônio, ele nos atiça atrás do novo, embora saiba muito bem como isso vai acabar. Vai haver um estrondo final do qual participarão todos os instrumentos, uma explosão inaudita, aguda, composta da mistura de todos os sons. E então haverá silêncio por algum tempo. Fim do concerto, sem mais aplausos.

Talvez estivesse mesmo na hora de empacotar as coisas, fechar a mala e desistir de esperar. Deixar de nutrir a esperança de que, na rápida sucessão dos modismos, a preferência algum dia recaia precisamente sobre o estilo de vida que nos convém. Eu poderia me mudar para a França, e ninguém sentiria minha falta.

Enquanto crescíamos, nos anos 60, precisávamos de uma

nova linguagem para descrever a sociedade e a arte. Ela era necessária porque algo de novo surgira, algo que não podia ser retratado na e por meio da velha linguagem. Não precisamos nos distanciar dessa velha linguagem nem de seus falantes, tampouco foi necessário que derrubássemos ou aniquilássemos quem quer que fosse. Tínhamos à nossa frente algo que apenas nós percebíamos e buscávamos descrever. O marxismo só chegou depois, também ele já uma velha cantilena, incapaz de apreender o novo que começava a se impor. O marxismo dos anos 60 foi a última tentativa do século XIX de ter sob seu controle a segunda metade do século XX. Lembrava-me dos cômicos esforços para explicar, de um ponto de vista marxista, a violoncelista nua que, sentada no palco, tocava seu instrumento envolta em celofane transparente. Marx teria ficado cego e surdo de susto, ao passo que nós, firmes, reproduzíamos a velha ladainha de sempre. Hoje, o novo não exige uma linguagem nova. É provável que essa seja a razão pela qual o presente é massacrado com tamanho dispêndio retórico. Massacra-se com uma maldade convincente, com engenho e astúcia. Não havendo mais nada à frente, pisa-se no que está atrás. Daí o cinismo, os trocadilhos e os jogos de palavras, metáforas e imagens rejuvenescedoras para algo que já se foi, que é *passé*, morto.

Ao passar, uma criança olhou preocupada para o leitor de jornais, que parecia soterrado por uma esvoaçante avalanche de cadernos de cultura. Cai fora, sussurrei entre dentes, some daqui. Ela brincava com uma bola, chutando-a sem parar contra a parede externa da fonte e, ao mesmo tempo, censurando-a — bola idiota, não pula direito; parecia que a bola idiota estava fazendo todo o esforço possível para atender às expectativas. Um bom tempo se passou até que, de repente, ela rolou em direção a meus pés, de modo que enfim me levantei de um salto e, com raiva e muita força, consegui chutá-la para dentro do jardim do teatro Residenz. A criança veio caminhando devargazinho em minha direção e me fitou com os olhos arregalados. Venha, disse-lhe pacificamente, vamos buscar a bola. Os jornais, deixei-os ao vento.

4.

Judit havia sido enviada a mim, isso estava claro. Mas qual era sua missão? Sim, pois, passados alguns dias, ficou claro também que ela não fora enviada para cá a fim de aperfeiçoar-se como violoncelista. Era provável que não tivesse nada a aprender com seu professor que não pudesse aprender sozinha, com exercícios. Sua atividade doméstica concentrava-se, sem rodeios — prescindindo, portanto, de todo e qualquer tato ou reserva —, no restabelecimento de antigos vínculos. De início, para meu espanto, depois, para meu horror, ela estava desempenhando o papel de sua mãe. Daí tirara não apenas a singular mistura de vaidade e arrogância, como também o modelo de vileza e maldade. Reproduzia o pendor de Maria para práticas esotéricas. Mas também os registros mais delicados do carinho, as nuanças, a abrupta delicadeza eram repetidos. Judit era uma mestra na arte da imitação, fazendo o papel da mãe à época em que Maria e eu nos conhecêramos. Mas por quê? Afinal, sua imitação deixava visível a mentira, uma arte que Maria dominava como ninguém. E quanto maior a precisão e dedicação com que Judit incorporava a mãe, tanto mais evidente fazia-se essa mentira. Estava representando uma artista que tinha de representar a verdade, porque a verdade de fato era tão banal e humilhante que ninguém queria saber dela. E, como na minha juventude, cabia-me aplaudir. Cabia-me, como homem, bater palmas para minha própria juventude, representada por Judit no papel de Maria.

Era essa sua missão?

5.

Havia muitos anos que, em julho, eu passava catorze dias em Madri, dando um curso de verão. Morava-se num luxuoso casarão escuro na Cidade Velha, davam-se duas horas diárias de aula para seis alunos, no máximo, e recebia-se, além da remuneração principesca, um passe cultural que propiciava entrada gratuita em todos os museus e instituições culturais da cidade. Mas a razão principal para a alegria antecipada de todo ano ante a viagem iminente era a perspectiva de poder peregrinar inobservado durante catorze noites pelos botecos em que os ciganos tocavam. Em nenhuma outra parte do mundo conseguia esquecer a mim mesmo com tanto gosto. Naqueles bares escuros, quando a luz elétrica se apagava e os ciganos punham-se a cantar à luz de duas ou três velas, eu sentia na carne minhas pequenas aflições deixando meu corpo, assim como o homem envelhecido que eu era em casa tornava-se ali um ouvinte atento, transformando-se por inteiro num ouvido a captar cada nuança daquela música. Meu ódio generalizado, indefinível, que, já desacreditado de si próprio, convertia-se com freqüência em lamuriosa indiferença, parecia desaparecer naquelas estreitas catacumbas fedendo a vinho derramado. Também o tédio e a melancolia desmedidos que tantas vezes me angustiavam diante de uma partitura, a autovigilância constante que me impedia de tornar a escrever uma nota com ingenuidade, sem nenhum cinismo ou ceticismo devorador, de súbito davam lugar à atenção devotada, quando aqueles místicos da paixão enchiam o espaço com suas castanholas, seu violão e suas vozes. Ao contrário do que ocorria nos concertos de música erudita contemporânea, em que não me permitia comoção interior alguma, eu verdadeiramente me empenhava por deixar-me conturbar naqueles bares de ciganos em Madri. O vinho cuidava do resto. Em geral, dava início a minhas incursões noturnas em companhia da diretora da escola de verão; chamava-se Mercedes, e com certa razão, mas só agüentava a noitada até o amanhecer de três em três dias. Quando isso acontecia, íamos juntos até nosso hotel, onde, espantado com minha própria ousadia, eu lhe pedia que me acompanhasse até o quarto. Quando o fazia, embalava-me o sono, cantando-me as mais tristes baladas. Se alguma vez passou a noite comigo, não sei dizer; mesmo olhando em seus olhos na tarde seguinte, quando nos reencontrávamos na escola, eu não obtinha nenhum esclarecimento. Se ela se aproximava, ficava envergonhado; se não se manifestava, atormentava-me o fato de eu sentir vergonha. Ainda assim, mal acabava minha aula, eu a convidava de novo, por telefone, a me acompanhar na noitada seguinte. Por três dias, ela recusava o convite; depois disso, sua resistência desmoronava. Com um ar meio sonhador, meio coquete, visitava comigo outros dez bares esfumaçados, ouvia meus comentários entusiásticos, bebia, fumava, vez ou outra ia até a porta tranqüilizar a família em Barcelona, tomava a saideira e conduzia-me cantando pela madrugada até nosso hotel. Talvez uma afinidade patética nos movesse, ano após ano, mas era com certeza um relacionamento seguro, livre de falsas expectativas. Como prestar contas não é algo que esteja entre minhas excepcionais qualidades, jamais mencionei a viva alma essas escapadas flamenco-musicais noturnas, e, como ela evidentemente não temesse um comprometimento indevido de seu coração, jogamos despercebidos aquele nosso joguinho singular durante anos. O cerne de nosso segredo era a profusão de surpresas com que a música cigana nos brindava. Impossível conceber um relacionamento amoroso mais inocente. Todo o conhecimento mútuo adquirido, aquilo que torna o segredo tão enfadonho, era-nos estranho. Se alguém nos observasse por apenas um momento, pensaria tratar-se de dois estranhos dividindo uma mesa por acaso, duas pessoas que, no instante seguinte, pagariam cada qual a sua conta e seguiriam seu caminho, cada um por si.

Naquele verão, porém, tudo foi diferente. A alegria antecipada consumira-se em minha nervosa inquietude, resultante da ópera que não se deixava escrever. Havíamos falhado, tanto meu libretista, Günter, quanto eu, e nada havia a alterar nessa constatação. Além disso, Judit insistira em viajar comigo. Todas as minhas tentativas de demovê-la da idéia de viagem tão cansativa haviam sido em vão. Tenho de trabalhar o dia inteiro e, à noite, encontrar-me com os colegas, eu mentira, mas ela erguera triunfante o programa do curso, que, negligente, eu deixara pendurado na cozinha. E quando, depois de longas discussões, acompanhadas de choro convulsivo por parte dela, apresentei meu argumento final — ou seja, que gostaria de poder ficar um pouco sozinho de novo e que não havia lugar no mundo em que eu pudesse estar tão sozinho quanto em Madri —, ela me acusou de só estar querendo me separar dela para, assim que chegasse a Madri, pôr fim à solidão na companhia de outra mulher. Para que Judit enfim me deixasse em paz, eu já estava a ponto de pedir a Mercedes que me reservasse um quarto para acompanhante, mas foi então que, uma noite, ela me surpreendeu, após ter ido com Günter assistir a um filme francês e, em seguida, a um bar; comunicou-me que havia mudado de idéia e que eu poderia viajar sozinho. Eu estava sentado à mesa da cozinha, segurando minha taça de vinho tinto, ao passo que ela detinha-se sob o arco da porta, os braços cruzados, uma perna dobrada, pose que provavelmente acabara de ver no cinema. Mas agora já reservei um quarto para dois, retruquei, cansado. Ótimo, assim você terá bastante espaço para acabar com sua solidão, disparou ela, com língua ferina e maldosa. De seu casaco, pingava água da chuva, formando uma coroa molhada no chão da cozinha. Quer saber que filme fomos ver?, perguntou. E, embora eu tivesse murmurado um "não" claro e audível, começou a me contar em detalhes um drama sobre ciúme, daqueles que ainda se faziam apenas na França — católico, mentiroso e realista — e que, claro, terminava com um duplo homicídio, o adúltero e a amada sacrificados no altar de seu amor, a cama de um hotel barato, enroscados um no outro. E a esposa?, perguntei: como ficou a esposa do adúltero, sozinha no mundo? Supera tudo isso muito bem, respondeu ela, porque pode, afinal, dedicar-se sem ser incomodada ao melhor amigo do marido. Ele não era húngaro, por acaso?, perguntei com doçura, e, por acaso, não se chamava Janos, que é como se chamam todos os húngaros nos filmes franceses?

Uma das razões daquela repentina mudança de idéia eram os preparativos para seu aniversário. Sempre que Judit tocava no assunto, seu rosto se iluminava de forma pouco natural, e apenas para, logo em seguida, dar lugar a um semblante de preocupação igualmente desprovido de naturalidade. O que ela estava querendo dizer com aquilo não me era claro, e perguntar a ela tampouco resultava em algum esclarecimento, mas apenas numa profusão de segredinhos insinuados. Ela sempre concluía suas labirínticas explicações com a garantia infantil de que seu aniversário seria nossa mais bela festa de todos os tempos. À minha sugestão de que alugássemos um restaurante italiano das proximidades, a fim de preservar a casa, ela nem deu ouvidos, assim como ignorou minha tímida tentativa de demovê-la por completo da idéia da festa com a oferta de uma viagem a Paris. Com todo o prazer. Depois do meu aniversário, quando minha família já tiver ido embora, podemos ir a Paris com Janos, disse ela, e soou como se partisse da premissa de que sua família passaria uma longa temporada em minha casa.

E sua mãe?, perguntei: Maria nos dará a honra também?

Isso depende de como você se comportar, respondeu Judit, debruçando-se sobre sua lista de convidados e indisponível para maiores informações.

Assim, parti sozinho para a Espanha, afinal. Em todo caso, deixara o número do telefone do hotel, de modo que, a cada manhã, quando voltava a meu quarto, bastante bêbado, de mal comigo e com o mundo, encontrava um recado para telefonar para Judit, que tentara me ligar de meia em meia hora, desde a meia-noite até as duas da manhã. Por vezes, então, eu ficava sentado na beirada da cama uma eternidade, mas não conseguia pegar o telefone e discar meu próprio número. Amanhã, resmungava comigo mesmo, amanhã eu ligo, sem falta.

E não o fazia. Até que, pouco antes de meu retorno, Mercedes — que, devido ao excesso de trabalho, não me acompanhara uma única noite naquele ano — entrou em minha classe e, com uma expressão conspiradora no rosto, pediu-me que ligasse para casa, para o senhor Janos, o qual lhe dissera ao telefone que minha mulher, Judit, estava preocupada comigo. Enfim uma razão para não ligar, pensei feliz. Enfim inalcançável. Finalmente eu conseguira escapar da vigilância. Finalmente deixara de ser parte de um jogo.

Aliviado, retornei a Munique.

6.

Como o trabalho com Günter não progredia, eu marcara um encontro com um famoso escritor italiano, tradutor de Mandelstam e autor de um dos melhores estudos sobre o poeta. No princípio da noite, ele leria trechos da própria obra num recital na Academia, mas não conseguia ler de estômago cheio, de modo que eu deveria apanhá-lo no hotel às três, para um almoço tardio, a fim de que, antes do recital, marcado para as oito, ele pudesse ainda dormir um pouco, uma soneca que não precisava ser de mais de uma hora, mas que demandava aquela uma hora, pois a viagem de avião — que, a partir de Roma, não havia de ter durado mais do que duas horas — o esgotara de tal maneira que ele já estava quase cancelando o recital. Eu próprio também me sentia exausto, após o curto telefonema, uma verdadeira orgia de explicações, mas atribuí boa parte desse cansaço ao fato de meus conhecimentos de italiano se haverem esgotado, por assim dizer, ao longo da conversa. Mal conseguira formular uma frase. Pronunciara fragmentos mais ou menos desconexos ao telefone. Começara a suar, pois era-me embaraçoso importunar homem tão importante, e tão completamente exausto da longa viagem, com meus farrapos de uma língua que apenas de longe, e somente pela melodia, lembrava o italiano, mas o escritor pareceu-me tão absorto no planejamento das horas restantes até o recital que não teve tempo de dedicar atenção àquele meu embaraço. Curiosa criatura. Ao contrário dos colegas alemães e do próprio Günter — de quem eu obtivera todos os detalhes sobre a vida do italiano —, ele parecia não se preocupar muito com sua obra. Odiava aparições, odiava recitais, jamais comparecia a homenagens se demandavam dele algum discurso, e recusava premiações. Tinha mais de sessenta anos e morava ainda com a mãe numa casa atrás do Panteão. Ela cerzia suas meias, punha suas cartas no correio e atendia o telefone, lamentando que o filho — de pé e trêmulo a seu lado — não estivesse em casa. Dormiam em quartos separados, mas sempre de porta aberta. Eu o considerava um grande humorista, um Gogol italiano; ele se via como um grande autor trágico, o que, afinal, prolongando as duas linhas o bastante, dava no mesmo.

É claro que eu pretendia conquistá-lo para trabalhar comigo no projeto Mandelstam, e, ante minha necessidade depois de nossa conversa telefônica, queria levar um intérprete comigo nesse primeiro contato, razão pela qual pedira ajuda justamente a Günter, que tentava me demover daquele mesmo projeto havia seis meses. Günter, porém, não apareceu. Era portador daquela doença muito comum entre escritores, ou seja, não era confiável. Por vezes, essa sua não-confiabilidade parecia-me sua única fonte confiável de inspiração. Assim sendo, fui sozinho à hospedaria na qual se instalara o grande homem, uma estranha e mal-ajambrada edificação no centro da cidade, desprovida de qualquer placa, contando apenas com um porteiro eletrônico e um desengonçado botão, que, tão logo apertei com todo o cuidado, desapareceu para dentro de sua casinha de plástico, sem que me fosse possível atraí-lo para fora de novo. Minutos depois, a porta se abriu, dando passagem a vários japoneses com seu habitual equipamento de sobrevivência nos ombros e ouvidos tapados, os quais, como ágeis insetos, revoaram em direção às ruas adjacentes. Àquela visão, eu dera meia-volta, recuando um pouco para o lado e fingindo ser um transeunte de passagem, mas, tão logo desapareceram os japoneses e a porta tornou a se fechar, voltei a fuçar no botão, que, no entanto, teimava em não dar as caras. Em vez disso, agora eu podia ouvir apenas a voz histérica do professor Bevilacqua, numa tola tentativa de sobrepujar o ruído estridente da campainha. Sou eu, gritei de volta, estou esperando pelo senhor aqui embaixo! Gritei tão alto e tantas vezes que os empregados da farmácia vizinha saíram para a rua e, em conjunto com transeuntes e donas-de-casa, vieram lentamente em minha direção, em parte interessados em saber por que um homem adulto se comportava daquela maneira, gritando para a parede, e em parte irritados pelo fato de que eu, bem ou mal, interrompera o movimento da farmácia. Estava claro que não se via com bons olhos alguém gritando "sou eu". Se tivesse gritado "não sou eu", é provável que tivesse escapado ileso. Quando, então, a massa já a meu redor ouviu os gritos do escritor, soando como se pedisse socorro, a porta foi aberta sem mais delongas e, sob a liderança do farmacêutico, uma pequena vanguarda subiu afoita as escadas, deparando lá em cima com a mesma cena apresentada na calçada, só que em tom mais íntimo: o professor Bevilacqua gritava no interfone. Vestia ainda — ou melhor, já — o roupão de dormir, um homenzinho baixo e gordo à beira de um colapso. Como ninguém encontrasse o quadro de força, o farmacêutico pôs-se a golpear a campainha com uma cadeira, e o fez com tanta violência que ela pereceu. Em seguida, instalou-se um profundo silêncio, as pessoas retornaram a seus afazeres ou seguiram seu caminho, e eu fiquei esperando à porta, até que o professor e poeta — que, tendo esquecido nosso compromisso, pretendia deitar-se para um repouso vespertino — enfim apareceu para, ou assim eu pensava, conversar comigo sobre Mandelstam. Era um senhor baixinho e careca, com a cabeça em forma de pêra, e a expressão de seu rosto denotava ofensa tão profunda que nada me restou senão acompanhá-lo calado. Cada palavra reabria a ferida que eu abrira nele. O senhor me perdoe, principiei, mas, após olhá-lo nos olhos, nem sequer concluí a frase. "Por aqui" foi a única construção sensata que consegui pronunciar, e, como ele parecia tê-la entendido, a despeito de meu italiano miserável, repeti-a tantas vezes quanto possível. Por aqui. Por aqui. Por aqui. Até que, em algum momento, estávamos diante de uma cervejaria de cujo interior chegava-nos uma barulheira estridente. Com cautela, o professor aproximou-se da porta com a cabeça esticada, como um cachorro querendo saber se podia entrar; afastou-se quando alguns freqüentadores saíram às gargalhadas; tornou a se aproximar, farejou o aroma provindo de um crocante porco assado e decidiu-se contrariamente a uma refeição. Essa sondagem olfativa peculiar repetiu-se em diversos restaurantes de especialidades variadas, mas, quer se tratasse de comida chinesa, italiana, portuguesa ou bávara, ele sempre recuava a cabeça esticada diante da porta e deixava-se conduzir adiante por meus "por aqui", que a essa altura já soavam ridículos, não indicando mais direção alguma. Em algum ponto dessa labiríntica caminhada, ele se deteve e me perguntou onde poderia comprar roupa de baixo. Mas a Itália não era a terra da roupa íntima, e Roma, a capital? Lembrei-me de imediato das inúmeras lojas de roupas íntimas que vira em Roma, no emaranhado de ruas ao pé da piazza di Spagna, todas com decoração de primeira classe, um aspecto de galeria e uma oferta que se restringia a ridículas cuecas em cores obscenas. O que queria o estudioso de Mandelstam? Roupa de baixo, repeti várias vezes seguidas, levando ambas as mãos à frente da genitália, a fim de indicar ao professor a que parte do corpo vinculava-se o produto que ele desejava adquirir, ao que ele assentiu com a cabeça. Fomos, portanto, a uma loja de artigos masculinos, onde, diante da porta a esperá-lo, pude observar pela vitrine o professor experimentando e mandando embrulhar meia dúzia de cuecas alemãs tradicionais, todas com reforço dianteiro. Um belo investimento dos honorários do recital, comentou ele com alegria ao retomarmos a incansável peregrinação pelo centro da cidade. O tempo de que dispúnhamos para nossa conversa sobre Mandelstam estava se esgotando quando o professor se deteve diante de um pequeno restaurante e, após minucioso farejar, decidiu adentrar o local, onde um negro simpático — que se apresentou como James e, como descobrimos mais tarde, vinha de Uganda — ofereceu-nos um lugar à janela, o qual, de início, resolvemos trocar por uma mesa mais ao centro. Depois, quando outro freqüentador apareceu, acomodando-se bem a nosso lado, passamos para uma mesa junto à porta, da qual, no entanto, precisamos abrir mão em virtude da forte corrente de vento e em favor de uma mesa minúscula ao lado do banheiro. Depois de o paciente senhor James haver ainda substituído nossas cadeiras duras por outras, de estofamento mais macio, e de havermos trocado de lugar diversas vezes entre nós, porque, por um lado, o estudioso de Mandelstam desejava voltar-me seu ouvido bom e, por outro, não estava disposto a contemplar por tempo demasiado um inocente quadro pendurado na parede, pudemos enfim nos aprofundar no exame do menu, que apresentava sobretudo massas italianas leves, mas também cozidos de carne bovina e diversos tipos de peixes, pratos que o senhor James nos apresentou tanto em inglês quanto em alemão, e com o poder de persuasão típico do orgulhoso dono de restaurante. Então, após longa e minuciosa tradução, seguida de detalhada discussão de um cardápio que, afinal, era breve, o professor decidiu-se por um cordeiro assado com ervilhas e batatas, mas sem o cordeiro, as batatas e o molho, ao passo que eu optei por um espaguete ao alho e óleo. *Solo piselli?*, perguntei várias vezes ao poeta em profundo e meditativo silêncio, sem receber resposta. A cabeça de pêra inclinada sobre o peito, o professor Bevilacqua parecia ter adormecido. E foi somente quando o senhor James lhe trouxe um prato de ervilhas — de fato, ervilhas apenas, uma centena de ervilhas verdinhas —, depositando-o ao lado do copo de vinho, intocado até aquele momento, que algum tipo de movimento agitou o rotundo corpo do professor. Com mão cansada, ele tomou do garfo e tentava espetar as ervilhas uma a uma — em vão, se me é permitido resumir seus esforços alimentares em tão poucas palavras —, ao que as leguminosas, então, esquivavam-se aos saltos. Logo circundavam seu prato como uma coroa verde, de modo que outro cliente, aproximando-se por acaso, poderia acreditar que o prato do italiano, sempre a contemplá-lo com ar de infelicidade, havia sido decorado em sua homenagem. Para não parecer indelicado, nem sequer toquei em meu espaguete. Somente quando o professor, com seus dedos gorduchos, começou a apanhar ervilhas selecionadas na toalha de mesa (esmagando-as ao fazê-lo) e a, depois de demorado exame, enfiá-las na boca, foi que também eu, de estômago já roncando, desejei conceder-me uma garfada de espaguete. Contudo, não fui além do desejo, pois agora o italiano — a quem, afinal, eu pretendera encontrar para tratar do libreto de uma ópera sobre Mandelstam — formava um bico com os lábios e, mediante delicadas e intermitentes cuspidelas, devolvia à mesa as cascas das leguminosas, fazendo-o, aliás, com o auxílio dos dedos, uma vez que as revoltosas cascas colavam-se a sua boca, posteriormente, então, passando os dedos pela borda do prato, até que aquela massa verde aderisse à porcelana. Concluída essa operação, e tendo o senhor James — feliz com o elogio que Bevilacqua fizera a sua cozinha — substituído o prato de seu cliente por um livro de visitantes, no qual evidentemente acabara de colar uma foto do professor recortada do vespertino local, julguei o momento oportuno para a exposição de meu intento. O senhor escrever ópera em cima de Mandelstam — assim deve ter soado minha frase, que fez a cabeça de pêra do professor erguer-se por um segundo do livro de visitantes do senhor James. Não foi propriamente um olhar de amizade e confiança o que ele me lançou, nem sequer um olhar de desprezo. Tudo quanto o olhar do venerando escritor exprimia, ele o resumiu pouco depois na seguinte declaração: Como posso escrever uma ópera, se nem sei ler partitura? Em seguida, solicitou um táxi, despediu-se efusivamente do senhor James, dedicando-me apenas um breve gesto de cabeça — vemo-nos no recital —, e desapareceu com seu pacote de cuecas.

Telefonei para Günter, que deveria vir me buscar, mas ele não estava. Liguei para minha casa, e atendeu um Janos cuja voz sugeria singular aflição, o que me fez desligar.

O senhor James trouxe-me um café expresso e pôs-se a interrogar-me sobre meu amigo italiano com a insistência típica dos centro-africanos. Em seguida, passamos à grappa e, depois, a uma aguardente de cana que o pai do senhor James produzira num alambique clandestino em Uganda e fizera chegar ao filho pela embaixada de seu país. Então, clientes começaram a inundar o restaurante, fartando-se da carne que o professor Bevilacqua não quisera pedir. Por volta da meia-noite, consegui enfim falar com Judit, que estivera com Günter no recital do professor e estava ainda entusiasmadíssima, porque ele falava um alemão perfeito e os acompanhara ainda a uma cervejaria bávara. Günter permanecia em minha casa. Os dois vieram me buscar e, com a ajuda do proprietário africano do restaurante e de sua mulher suábia, conseguiram depositar-me no banco traseiro de meu carro. Assim, pela primeira vez naquele dia pleno de acontecimentos, tive tranqüilidade para refletir sobre minha ópera e, ao mesmo tempo, ouvir as duas criaturas nos bancos da frente, que, não restava dúvida, durante e após o recital do especialista italiano em Mandelstam, haviam se tornado um casal.

7.

Às vezes, sentia certo júbilo no coração à idéia de ser declarado louco. A vida de um santo ou de um pecador; de um cínico, moralista ou livre-pensador; de um amante da verdade ou de um doido; de um erotista apaixonado pelo amor; de um homem misterioso ou de um hipócrita; de uma pessoa simples ou enigmática; de um falsário, de um ser dividido ou movido pela paixão; de um vigarista ou de um homem honesto; de um suspeito ou, ao menos, de um revolucionário; de um partidário político ou de um adversário; de um desdenhador ou de um charlatão; de um homem do intelecto ou de um indiferente; de um monstro, de um descrente ou de um crente incrédulo; de um homem frágil ou talvez apenas difícil; de um místico, um imitador, de uma pessoa vivaz, um criminoso, um ilusionista, um eleito, um misantropo, um mago, uma vítima, um irresponsável, uma testemunha ou, quem sabe, uma testemunha de seu tempo; um, Deus me livre, sismógrafo, uma criatura da opinião pública — desistir dessa vida repleta de atribuições que, como artista, era obrigado a levar, e passar a viver apenas como aquele que se é. Uma idéia aterradora para os fanáticos por identidade. Melhor, então, permanecer artista dentro das próprias quatro paredes.

8.

Uma semana antes do aniversário de Judit, começaram os preparativos propriamente ditos para a festa. O falatório a respeito tivera início antes; o problema da roupa, a acomodação dos convidados, as ações a planejar dominavam nossas conversas desde meu retorno do curso de verão em Madri. Como não comemorava meu próprio aniversário havia anos — desde a morte de minha mãe, para ser exato —, eu observava com desconfiança e antipatia as mudanças em nosso cotidiano doméstico. Sobretudo o entusiasmo com que Judit imaginava os parentes adentrando nossa casa, toda adornada para a festa, despertava em mim a suspeita de que eles, talvez, viessem a permanecer nela. Para sempre, como se diz. Os sobrinhos e sobrinhas de Judit, suas tias e tios permaneceriam conosco para sempre, constituindo uma família. Com maior ou menor convicção, e livre de qualquer síndrome de abstinência, eu passara quase vinte anos amando a mim mesmo, de modo que podia nutrir a esperança de continuar a fazê-lo até o fim de meus dias. Mas, se fosse por

Judit, eu deveria agora amar a família dela: por pouco tempo, dizia ela; para sempre, desconfiava eu.

O verdadeiro período de incubação — aquele entre a invasão do agente patogênico e a eclosão da enfermidade — teve início com a chegada de tio Sandor, uma semana antes do grande acontecimento. Como tio Sandor fosse sociólogo da música, Judit acreditava que ele haveria de me ajudar a reencontrar meu rumo; somente ele estaria em condições de restituir alguma ordem a meus dissipados alicerces, possibilitando-me a construção, sobre nova base, daquela obra-prima de que, apesar de tudo, ela ainda me julgava capaz. É claro que eu me opusera àquela visita demasiado antecipada. A perspectiva de ser obrigado a conversar com um sociólogo da escola de Lukács sobre a ópera que eu planejava escrever — e que, nesse meio tempo, passara a se chamar tão-somente projeto Mandelstam, como se seu fracasso fosse coisa já decidida — não me repugnava apenas porque eu seguisse ainda e sempre de mãos vazias, munido tão-só de um par de esboços e de vagas idéias, mas porque não me abandonava a suspeita de que também o tio Sandor pudesse pertencer àquele sindicato fundado por Judit com o único propósito de impossibilitar a realização de meu projeto. Eu encontrara em coletâneas da década de 60 dois ou três ensaios de autoria dele, os quais exalavam um tédio sufocante e não me empolgaram nem um pouco, porque amontoavam argumentos mais ou menos convincentes para justificar uma teoria com pretensão a converter em ordem pedante a vivacidade do arbítrio. De formação marxista, tio Sandor partia de estatísticas, de relações numéricas — salários, mais-valia, lucros —, e não daquilo que a música demanda; e, a partir de seus números abstratos, calculava uma moral, uma estética e uma metafísica, se é que se justificava o emprego de tal termo. É desse modo, e não de qualquer outro, que se há de imaginar a vida musical no século XVIII, concluía em seus estudos, sempre no melhor dos humores, e é desse modo, e não de qualquer outro, que se deve ouvir a música por ele produzida. É claro que Judit, a quem pretendi explicar a ausência de fantasia do tio, tinha uma resposta para isso também. Eram ensaios dos velhos tempos; tinham de ser escritos daquela forma para conseguirem publicação. Na verdade, porém, o tio era bem diferente daquilo, garantia: mais profundo, mais sábio, mais inspirado; eu iria me espantar com a segurança com que ele me resgataria de minha escuridão. Era inútil contestar aquela segurança; assim, entreguei-me à perspectiva nada agradável de, por uma semana inteira, ter de avançar aos tropeços com meu trabalho preliminar na ópera sobre Mandelstam, ao lado de meu calado amigo Janos e de um sociólogo húngaro.

Tio Sandor, mensageiro e precursor do aguardado clã, era mesmo bastante diferente da descrição de Judit. Para começar, era um gigante, um mastodonte com uma barbinha comprida de gnomo, como que saído de outro mundo; mesmo sentado, era tão absurdamente alto que, ao longo da conversa, e em obediência a um instinto que lhe dizia para parecer menor, ia aos poucos escorregando para a frente no assento estofado, até que sua cabeça tocasse o encosto da poltrona, o que fazia com que, de algum modo, sempre estivesse deitado, ao passo que as pernas longuíssimas erguiam-se feito montanhas diante dele, ocultando o corpo magro. Nessa posição longe de confortável, ia murmurando para si frases impregnadas de inexorável melancolia, sempre aparentando provir de algum lugar, mas jamais apreensíveis como parte de um diálogo. Ele falava para o teto. Um interlocutor de telhados. E cada uma de suas frases era apenas o apêndice de uma nuvenzinha de fumaça expelida pouco antes. Sem seu cachimbo, tio Sandor, que tinha mais ou menos a minha idade, mas parecia uma criatura antiqüíssima, era imprestável. Por isso, logo após sua chegada, ele depositara um cachimbo em cada ponto estratégico da casa, e um deles estava sempre aceso enquanto outro era recarregado. Mesmo durante o almoço — ele próprio não comia nada, porque tinha problemas de estômago —, fumava incansável o seu tabaco, fazendo com que a densa nuvem de fumaça pairasse sobre a comida. Certa vez, quando lhe pedi que fizesse uma pausa durante a sobremesa, a fim de que Judit e eu pudéssemos saborear os morangos com açúcar sem acessos de tosse, ele, em meio ao silêncio que se seguiu à minha proposta, depôs o cachimbo crepitante de ira sobre a toalha de mesa, sem se preocupar com as partículas de brasa, que logo arruinaram o linho da toalha feito sardas, enquanto, com a outra mão, pescava do bolso do colete uma pequena guimba, acendendo-a sem nenhum sentimento de culpa. Eu ainda o contemplava boquiaberto, porque aquela perversidade me parecera desmedida, quando ele, incólume, prosseguiu com sua exposição: lançaram-nos na pluralidade — proclamou por trás da nuvem cinzenta —, uma nova era da arte vai começar, porque não precisamos mais da verdade em que Lukács acreditava ainda.

Lukács estava presente em cada uma de suas frases, sendo citado literalmente a cada duas, e o fecho de suas exposições consistia não raro na formulação: "O que Lukács pensou, ele próprio já não o compreendia tão bem naquela noite".

A triste contraposição entre Lukács e fumar cachimbo — entre esses dois pólos, oscilava a vida do tio Sandor. A mão que busca o cachimbo era seu único gesto de vida; todo o resto consistia numa artificialidade para a qual ele vivia inventando ou tomando emprestadas novas palavras e expressões, como aquela "fanfarronice da beleza", que citava com freqüência quando algo lhe parecia demasiado bem-sucedido nesta "nossa noite desprovida de estrelas, sonhando rumo a um amanhecer em que coisas e figuras tornar-se-ão de novo visíveis. A brisa da manhã entra pela câmara poeirenta, e a aurora de um novo mundo toca os cenhos curvados daqueles que, nas trevas, desaprenderam a acreditar num mundo novo — que, é claro, inexiste".

Era estranha a maneira pela qual, graças a tio Sandor — a quem, em particular, eu chamava apenas de "carpa húngara", porque os poucos dentes que ele ainda tinha na boca apresentavam-se recobertos de uma grossa camada de musgo marrom-esverdeada —, era estranho, pois, como, graças a ele, adentrou nossa vida cotidiana um vocabulário inexistente na linguagem de Judit, caracterizada por sua orientação prática e objetiva, e que pouco era empregado também em minhas respostas — e respondo apenas em tom lamentoso-defensivo às impertinências e exigências crescentes de Judit —, porque eu temia que um modo demasiado diferenciado de me expressar pudesse aumentar ainda mais a confusão doméstica que ela chamava de ordem. Como filho de pais judeus, nascido sob condições miseráveis na Budapeste de 1941, tio Sandor, em razão de suas exuberantes leituras, por um lado, e do aprendizado compulsório dos conceitos marxistas, por outro, criara uma forma de linguagem que, em virtude seu caráter estranho, errático e, às vezes, local também, se destacava de nossa linguagem reducionista, voltada para o comando e sua confirmação, ainda que hesitante. É provável que ela nem sequer o entenda, pensava eu com freqüência, quando, sonhadora, Judit ouvia as sinuosas perorações do tio, vinculando sem nenhum esforço a missão desfetichizadora da arte à multiplicidade informe e existente *per se* do espírito que a conforma, sob o olhar desconfiado de uma burguesia cada vez mais forte e das classes feudais em queda, até que tive de admitir para mim mesmo que também apenas ouvia aquelas palavras, mas não compreendia seu sentido. Era-se, porém, bruscamente chamado de volta ao terreno dos fatos quando, em meio à fala da carpa húngara e a sua correspondente nuvem de fumaça, emergia o talentoso teórico do marxismo chamado Stalin, que não pudera deixar de comentar o caráter "consciente", "planificado" nas experiências amorosas de Casanova; sem nenhuma transição, porém, essa exposição era recalcada por outra, sobre a função do véu, cujas dobras promoviam confusão, porque ele já constituía imagem amarrotada do próprio corpo que encobre. A essas portentosas construções faltavam vigas, pontes e passagens, as estações retransmissoras que pudessem dar certa ordem ao fluxo constante das palavras. Homem muito lido, tio Sandor as perdera. Assim, cambaleava pelas bibliotecas, rastejando entre as letras com seu cachimbo fumegante, lia uma coisa aqui, carregava-a consigo por um tempo e a depositava de volta em algum outro lugar, espantado com o efeito produzido por esse método peculiar aos cucos e propício também ao esquecimento. Deixara o edifício seguro do marxismo para adentrar o vasto deserto da escrita, que, infindo, já não era delimitado por nenhum horizonte histórico-filosófico, de modo que o único ponto de apoio restante era o cachimbo. E sua história de vida, que era dessas que, um dia, marcarão a imagem do nosso século. Uma história que se passava em Nova York, onde o irmão de seu pai fora um famoso advogado e especialista em jazz; mas também em Moscou, onde sua mãe trabalhara por algum tempo no Komintern; óperas de Berlim e Paris também desempenharam nela papel decisivo, bem como enfumaçados quartos dos fundos na Palestina, nos quais seu tio Tibor gerenciava um escritório sionista. O pai da carpa húngara fora colaborador do jornal judeu *Vj Kelet* e negociara até o fim, e sem nenhuma perspectiva, com Hermann Krumey, o representante de Eichmann em Budapeste. Essas histórias terminaram como todas as outras desse tipo: em Auschwitz. Delatores denunciaram a família, roubando-lhe até o último *pengö*, antes de assassiná-la. Apenas tio Sandor, o gigante, sobrevivera em casa de amigos no campo, tornando-se agora, além de ex-sociólogo marxista da música, contador de histórias da família.

Após a primeira conversa, ficou claro para mim que tio Sandor não me serviria como cicerone. Com ele e seu método de ensino, eu acabaria cedo ou tarde desistindo de compor; era, portanto, necessário mantê-lo o mais afastado possível de mim. Isso podia ser feito sem grande habilidade diplomática, na medida em que, quando eu não lhe dava ouvidos, ele, além de dispor também do mudo Janos como interlocutor, dedicava-se a outra mania que não os discursos filosóficos: ver televisão. De terno e colete, ficava deitado em sua inimitável posição, murmurando defronte ao aparelho de TV e removendo migalhas da poderosa barba acinzentada, saltando com crescente interesse de um canal a outro, sem jamais se cansar. Enquanto Judit e eu nos ocupávamos dos preparativos para o aniversário, rearrumando a casa e, com esse propósito, empurrando cômodas, mesas e caixas de livros entre ele e o televisor, tio Sandor não se deixava abalar em seu prazer. Eu suspeitava que a TV alemã, sobretudo os canais privados, constituía o principal sucedâneo para sua estilhaçada imagem do mundo; no pequeno retângulo, recompunham-se os pedaços apartados, resultando naquela ordem estruturada e múltipla de que ele sentia falta em sua vida. Ver televisão era a noite que ele atravessava com segurança, a biblioteca falante de que se servia ao acaso, a fim de buscar inspiração para sua razão de estreitos limites. Ele era o moderno mais fora de moda que eu já encontrara, e de uma vagabundice corruptora. Nós trabalhávamos, ele via TV.

Ao final da semana, a casa apresentava o aspecto desejado por Judit. A faxineira polonesa, que, de início, me apoiara contra as mudanças, entre as quais se incluía também uma reordenação dos quadros, passara-se para o lado de Judit, com quem discutia em russo as questões fundamentais, como, por exemplo, a transformação de meu escritório em quarto de dormir para tia Julia. Vi-me no seio de uma família poliglota, que me rebaixara à posição de auxiliar de trabalhador braçal. A chegada dessa tia e de seu acompanhante, um médico romeno, pôs fim a meus dias naquela casa. O tio ocupava a sala de estar; Janos, o quarto de hóspedes; o médico romeno, com as calças abaixadas para aplicação de insulina, ficava no banheiro aberto; a tia, na sala do piano, onde, para alegria de Judit, exercitava-se nas "Catorze bagatelas" de Bartók; a própria Judit e amigas do conservatório, na cozinha, preparando confeitos e frutas em conserva; e, em meu quarto, toda uma família húngara de origem obscura, que, na falta de outro lugar para dormir, simplesmente se instalara em minha cama. Ninguém parecia saber ao certo que relação de parentesco seus quatro membros guardavam com a família de Judit, e, como se negassem a participar da vida social, não havendo, pois, oportunidade para nenhum diálogo com eles, foram deixados a sós em meu próprio quarto de dormir. Ninguém sabia dizer o que faziam lá dentro. Às vezes, ouviam-se as crianças chorando, ao que o pai gritava que ficassem quietas, porque ele precisava trabalhar; apenas a mulher entoava vez por outra as danças camponesas húngaras arranjadas por Bartók — era, portanto, das nossas, segundo Judit.

Assim sendo, nada me restou senão mudar-me com minhas coisas, as poucas ainda encontráveis, para o estúdio de Judit, que, no passado, fora meu estúdio e localizava-se acima da casa propriamente dita, isto é, no piso logo abaixo do telhado. Mudei-me, mas, a despeito da perspectiva de poder voltar a trabalhar, tinha minhas dúvidas. Sim, pois, ainda que qualquer um que nos visse morando juntos só pudesse supor que se tratava do relacionamento habitual entre um velho amigo da família e a filha de uma amiga, os próprios sinais de cumplicidade eram mantidos dentro de certos limites. Deixando meus domínios e adentrando os de Judit, porém, tudo se tornara evidente, e eu podia imaginar os mexericos começando a brotar lá embaixo.

Não seja tão careta, disse-me Judit, enquanto, na véspera do aniversário, saboreávamos uma garrafa de champanhe sentados em sua cama: todos sabem que somos amantes; todos, menos você. E, dito isso, deixou-se cair de costas na cama, rindo, ao que, com cuidado, eu me deitei a seu lado, como se toda a nação húngara estivesse me observando.

Graças a Deus, acordei pontualmente às seis e tive tempo de, ao lado da adormecida Judit, refletir um pouco sobre a situação. Se, conforme anunciado, a mãe de Judit chegaria ao longo do dia, eu precisava dar uma explicação. Não podia levantar-me, sem mais, da cama compartilhada e agradecer-lhe pelo simpático gesto de me haver enviado a filha. Mas, o que haveria de dizer? Lancei um olhar furtivo à aniversariante adormecida, àquela criatura sibilina de pescoço fino, ao qual se colara uma cruzinha dourada. E, mesmo que eu não dissesse nada, mas apenas apontasse mudo para Judit, o que diria ela? Não era melhor eu falar primeiro, para evitar o pior? Invadiu-me o terrível pressentimento de que Judit poderia anunciar nosso noivado diante da família reunida; sim, de repente, estava certo de que todo aquele esforço, a insistência com que ela fizera questão da presença mesmo dos parentes mais distantes, que, a princípio, haviam se recusado a viajar até Munique apenas por causa de um reles aniversário, só podia terminar no anúncio de casamento. Por que outra razão todos aqueles pobres-diabos que esperávamos haveriam de querer trocar seu dinheiro suado por marcos alemães? Judit precisava de testemunhas. Queria transformar uma ocasião informal numa cerimônia, e metade da Hungria deveria, na qualidade de comparsa, ouvir um extorquido sim de minha parte, na presença da mãe da noiva. Enquanto Judit se espreguiçava confortavelmente em seu sono, fazendo a cruzinha presa à corrente escorregar para baixo, eu me perguntava por que escolhera justo a mim. Sobretudo nos últimos tempos, ela vivia convidando e recebendo estudantes da Academia, que se sentavam ao redor da mesa da minha cozinha e, mais ou menos abertamente, criticavam minha música sem conhecê-la de fato, como se Judit já houvesse inculcado neles a disposição de me humilhar de maneira amistosa. Um estudante em particular, aluno de composição de um de meus amigos na Academia, permitia-se impertinências que eu tolerava apenas para não fazer papel ridículo diante de Judit, embora provavelmente tivesse sido ela a atiçá-lo contra mim. Ele falava de meus trabalhos sempre como se fossem inaceitáveis até mesmo para mim, que os havia composto fazia menos de um ano. Com certeza, o senhor já renegou suas peças para piano?, perguntava-me afável. Ou: é claro que seus *lieder* já não são interpretados hoje em dia. E, embora eu evidentemente não me opusesse à difusão de minhas peças para piano e de meus *lieder* por todas as rádios do mundo, comportava-me como se tivesse sido apanhado em flagrante e afirmava que, de todo modo, essas peças apenas alongavam a lista de minhas obras. Por que haveria de renegar aqueles trabalhos, isto, é claro, não era discutido. Para aquele moleque espertinho, aquela inteligência babaca que vivia tagarelando sobre o *design* dessa ou daquela teoria e babando toda sorte de conceitos pseudocientíficos, como se os tivesse acabado de mamar; para aquele sujeito desagradável, era líquido e certo que minha canoa estava furada. E quando, traiçoeira e com cara de inocente, Judit trouxe ainda à baila meu projeto Mandelstam, aí então o moleque quis morrer de rir daquele esforço grotesco. Você deve estar brincando, resfolegou ele diante do prato de gulache: era melhor eu pensar muito bem. E tornou a desaparecer numa densa nuvem de conteúdo efetivo da problemática e material diagnóstico, de contabilização cronocrítica das perdas e acústica transcendental, para, de súbito, falar da força aniquiladora da notação musical, que tomara me impedisse do equívoco com Mandelstam. E isso tudo sem que uma única nota houvesse ainda chegado ao papel. Áridos exercícios, cambalhotas de uma fantasia estropiada em sua teoria, buscando vencer a falta de abismo, a falta de chão. Meu silêncio obstinado diante daquela espumosa eloqüência fez com que Judit se retirasse na companhia do terno filósofo para seu quarto, onde, tomando como ponto de partida uma composição dele para violoncelo, pretendiam discutir o "momentarismo da experiência simbólica", segundo as palavras do jovem. Provavelmente, tinham apenas caído na mesmíssima cama em que eu me encontrava agora, pois quando, uma hora depois, pouco antes da meia-noite, arranjei um pretexto e fui bater à porta, ninguém a abriu, embora, parado diante dela havia tempos com a respiração presa, eu tivesse ouvido lá dentro ruídos que pude identificar com precisão e que decerto não provinham de um violoncelo.

Por que ela não se casava com aquele Laszlo sabichão, filho de emigrantes húngaros de 1956 que haviam feito fortuna com o comércio de peles? A investigadora da verdade e o desconstrucionista — a meus olhos, o par ideal. Janos ou Laszlo? Que fosse um dos dois!

Judit libertara a perna do lençol e a apresentava agora, dobrada de um jeito estranho, sobre meu cobertor. Era como se estivesse sobre uma mesa de cirurgia, apartada do restante do corpo, os dedos dos pés para cima. Em torno do calcanhar, ela usava uma fina correntinha de ouro que eu jamais a vira usar. Devagar, para não acordá-la, curvei-me para observar melhor aquela corrente. Dos delgados fios de ouro forjados com delicadeza e elos entrelaçando-se num rendado, emanava fascinação tão inquietante que, por fim, estiquei a mão, recobrindo com ela a correntinha, sentindo-a fria, mais fria do que a pele, na palma da minha mão. Antes de mim, alguém já havia tentado acorrentar aquele corpo; com um movimento ao mesmo tempo irado e ridículo, arranquei o lençol de cima dele, ainda e sempre adormecido, porque de repente tive certeza de que encontraria novos sinais de sua posse por outro.

A aniversariante acordou. Em geral, tinha de lutar para atravessar o emaranhado dos sonhos evanescentes rumo ao despertar, mas hoje estava acordadíssima. E, como se enxergasse dentro de mim, recolheu as pernas de lado, ao mesmo tempo que abria os braços, em direção aos quais, como o primeiro a cumprimentá-la, mergulhei por um tempo. Nessa posição singular e desconfortável, esqueci-me, acorrentado que estava agora eu próprio, de lhe perguntar pela origem da corrente que, não obstante, sentia em meu pé, ao passo que minha boca, lutando por um pouco de ar, acabou por repousar sobre a cruz de ouro, que tomei nos dentes e mantive entre os lábios até ser, enfim, libertado. Era necessário preparar o café da manhã para a família que aguardava lá embaixo, de modo que Judit afastou-me, pulou da cama e desapareceu no banheiro, onde abriu todas as torneiras e, cantando alto, deu início à toalete matinal.

Fiquei deitado. Raras vezes em minha vida me sentira tão infeliz e supérfluo. Corroído por sentimentos de culpa, ciúme e uma boa dose de lamurioso ódio de mim mesmo, não conseguia sequer pensar em algum dia tornar a sair daquela cama. Se, em tais momentos, outros pressentem por um fugaz segundo o grande panorama do mundo em todas as suas conexões, a presença de uma força significativa compelindo-os à mudança, eu sentia apenas uma bola de cansaço a esmagar todos os nexos. Transformei-me em pedra. De início, as pernas não queriam mais se mover; depois, a cabeça parou de responder aos comandos. Por fim, também os braços foram afetados. Trancafiada em mim, espreitava ainda uma idéia de como escapar daquela armadilha, mas ela não se deixava libertar. Ao me ver, Judit, saindo nua do banheiro com um turbante na cabeça, deve ter intuído minha situação, porque, enquanto se vestia sem se abalar, repetiu diversas vezes com fingida preocupação: minha pobre pedra, minha querida e pobre pedrinha, largada na cama para sempre.

De fato, eu devo ter adormecido de novo, pois quando acordei, depois de uma eternidade — na qual perambulara por um cemitério cujas lápides compunham-se de livros —, um grupo de pessoas circundava minha cama à maneira dos livros-lápides que acabara de ver; dentre elas, além de Judit, pude reconhecer apenas tio Sandor, com o cachimbo aceso na boca e uma bandeja na mão contendo meu café-da-manhã. Uma verdadeira bacanal de fantasmas, uma dança dos mortos. Amedrontado, puxei o lençol até a altura do pescoço, na fervorosa esperança de que aquela cena pertencesse ainda a meu sonho. Com demasiada rapidez, porém, percebi em que realidade me encontrava, e isso porque Judit, com astuta naturalidade, tomou a bandeja da mão do tio e depositou-a sobre minha barriga, dizendo: agora coma direitinho, minha querida pedrinha. Quando minha mão tocou o garfo, deixando claro que eu pertencia de novo ao mundo dos vivos, o grupo pôs-se em movimento, com o propósito de visitar também os demais cômodos do estúdio. Passado um bom tempo, ouvi a porta bater. Tinham ido embora, sem que Judit houvesse julgado necessário dar nova olhada no paciente. A festa começara sem mim.

Ó barro da vida! Ó morte secular!
Pleno revela-se teu sentido somente àquele
Em que vivia um sorriso, desamparado — de um ser
Já perdido de si próprio.

9.

Quando desci, no princípio da tarde, a casa estava lotada. Não era possível precisar o número exato de convidados, porque eles distribuíam-se por todos os cômodos. Colegas de Judit serviam café, chá e bolo; Janos mantinha um significativo silêncio; duas tias de Debrečen cuidavam da arrumação; a família instalada em meu quarto permanecia unida também na cozinha, lavando pratos e talheres; um sobrinho de Maria ia de cômodo em cômodo com a garrafa de *palinka* e uma bandeja com os respectivos copinhos; e, entre os grupos todos, Judit flanava, apanhando uma coisa aqui, outra ali, carregando-a adiante, rindo, conversando, sentando-se um pouco para, logo em seguida, levantar-se de novo de um salto, porque já a chamavam de algum outro canto. Ela era o centro de tudo e mantinha até mesmo os recantos mais afastados sob firme controle. Em minha casa, imperava sua lei. Eu me sentia um rei deposto, ainda reconhecido e cumprimentado com timidez, mas já sem nenhuma voz ativa. Tinha também a impressão de que começavam a circular as primeiras piadas a meu respeito, porque, vez por outra, quando me aproximava de um grupo, a conversa emudecia, recomeçando assim que eu me despedia com um "até já". No reino de Judit, falava-se húngaro. Admitia-se o alemão, mas apenas como jargão especializado.

Em meu escritório, ostentando agora bárbara decoração, tio Sandor, sentado numa poltrona e rodeado de jovens, contava com expressão entristecida episódios de uma época em que ainda se acreditava na verdade musical; Laszlo e seus amigos ouviam com um sorriso sarcástico. A carpa húngara extraía de sua memória inesgotável piadas antiqüíssimas, uma após a outra, sempre revestidas de uma linguagem que àqueles garotos devia parecer latim. A utopia da reconciliação com a realidade, a promessa de verdade, a necessidade histórica na disciplina musical, acrescentando às vezes, a título de desculpa: se é que uma tal expressão ainda pode ser empregada nos dias de hoje. Ele podia. Contudo, tão logo juntei-me ao grupo, porque, por um lado, chateava-me a tagarelice nos demais cômodos e, por outro, esperava entender algo do que se dizia ali, a conversa perdeu sua espontaneidade. Como eu tinha a ousadia de, ainda hoje, colocar notas no papel, e como cometesse a temeridade de afirmar que ainda concebia a idéia de uma obra-prima tonal — além de ser idiota o bastante para trazer à baila minha opinião de que deveríamos nos alegrar quando uma obra reagia à realidade social, uma realidade mais nitidamente marcada pela mídia eletrônica do que pela melhor música de câmara —, um grito de fingida indignação atravessou o cômodo. Em pouquíssimo tempo, o marxista convertido se aliara ao desconstrutivista fanático, com o intuito de me passar um sermão que culminou na acusação de que eu estava, mais ou menos abertamente, defendendo um fascismo musical. Ouvi que quem não compreendera terem Cage e seus seguidores explodido a música e a própria obra de arte ocidental não estava em condições de "vislumbrar", e menos ainda compor, uma nova música. E assim por diante. Em meu desconforto, que já não era expressão de um simples mal-estar, mas advinha de camadas mais profundas, apanhei um dos poucos livros ainda visíveis em meu desafortunado escritório, as obras de Schönberg, e, com voz esganiçada e a mão erguida, a fim de interromper de uma vez por todas os risinhos irresponsáveis, pus-me a ler em voz alta o prefácio de Schönberg às "Seis bagatelas" de Webern: "Somente entenderá essas peças aquele que professa a crença de que só se pode exprimir por intermédio de sons aquilo que só se deixa expressar por intermédio deles. À crítica, elas resistem em tão pouca medida quanto essa mesma crença ou qualquer outra. Se a fé é capaz de mover montanhas, a descrença, por sua vez, não logra fazê-las presentes. Contra tal impotência, a fé nada pode. Sabe o músico como tocar essas peças e o ouvinte, como ouvi-las? Se crentes, podem músicos e ouvintes não se entregar uns aos outros? O que fazer, porém, com os pagãos? O fogo e a espada podem silenciá-los; cativos, porém, só é possível manter os crentes".

Fechei o livro com tamanho estrondo que a espessa nuvem de fumaça proveniente do cachimbo de tio Sandor esparramou-se, e, num gesto teatral, lancei o volume a um canto. Muito bem, pretendi dizer, agora reflitam um pouco sobre isso. Ao que, então, abandonei o grupo.

Passava das cinco, e começou a chover. Eu me sentara à mesinha da cozinha, agora coberta de travessas cheias de macarrão. Os amistosos húngaros me haviam cumprimentado de passagem, abrindo espaço para que eu pudesse apoiar o braço. Serviram-me até um copo de vinho. Em algum lugar da casa, celebrava-se uma festa, ou, de todo modo, pessoas bem vestidas não paravam de passar.

Envolviam-me os ruídos da cozinha e a chuva que despencava diante da janela aberta, mas, por dentro, eu ainda estava agitado com minha pequena performance, num estranho estado de espírito, meio belicoso, meio sem saber o que fazer. Tinha sobretudo, vagando pela cabeça, uma pergunta que não se deixava silenciar: será que eu encontrara Judit como alguém que encontra um objeto, um belo objeto, é claro, que a gente apanha e põe no bolso, porque não é capaz de deixá-lo no chão? Minha casa estava repleta dessas coisas sagradas que, por fora, talvez parecessem apenas depósito de poeira, mas que, para mim, tinham um significado. Às vezes, perdiam importância e iam parar no lixo; outras vezes, seu significado mudava e elas subiam na hierarquia de minha atenção: lembravam-me momentos de minha vida que se modificavam à medida que variava a atenção a eles dedicada, e nem sempre para melhor. Em louvor de uma pequena coleção de pedras que colhera na Sardenha havia anos, eu chegara mesmo a compor uma peça, imitando os ruídos que o refluir das ondas produz nos cascalhos. Com um excesso de metais, ela foi executada pela primeira vez em Hannover, no salão principal da rádio, e um crítico sugerira que eu a utilizasse num daqueles meus seriados policiais da TV, porque ela ficaria melhor ali do que numa sala de concertos. (É claro que lhe havia escapado meu emprego de um tema de Saint-Saëns, com variações.) Mas, pode-se encontrar também uma pessoa?

Ou eu deparara com ela como quando a gente, sem esperar, com a vontade já adormecida ou exausta por completo, topa com pessoas que, de súbito, nos fazem perder a razão? Havia vários exemplos disso em minha vida. Minha primeira mulher, Helga, cruzara meu caminho num mal-afamado boteco berlinense, e num dos, até então, piores momentos de minha vida. Quando a vi, acompanhada de alguém, duas ou três mesas mais adiante, encasulada numa agitada inquietude, logo soube que acabaríamos por nos encontrar, com todas as inevitáveis conseqüências disso. E, a despeito de meu abatimento, mal essa certeza se apoderara de mim um amigo veio até o balcão, cumprimentou-me e, em seguida, foi até a mesa de minha futura mulher, de onde acenou para que eu me juntasse a ele. Em pouquíssimo tempo, conseguira obrigar o acompanhante da mulher àquela missão, de modo a que eu pudesse aproveitar a proximidade que a estranheza propicia. Você me encontrou, agora temos de negociar, eu dissera: não há argumento que possa me convencer do contrário. E, de repente, todo o abandono se desprendera de mim, como uma pele velha. Três semanas mais tarde, estávamos casados.

Mas Judit? Judit não me encontrara por acaso, de modo algum.

Fora-me, portanto, enviada? Por Maria? Tinha ela uma razão para me enviar a filha? Para não alimentar falsas suspeitas, eu tinha de evocar mais uma vez o encontro fatal, que ameaçava desvanecer-se na névoa de minha própria história. Sim, pois, se Judit cumpria apenas uma missão infame, jovem como era, acabaria por denunciar-se. Não vai agüentar, pensei comigo; a despeito da energia aparentemente ilimitada de sua juventude, uma garota de vinte e três anos vai cometer um erro que a arrancará da sólida fortaleza de sua missão, lançando-a no labirinto dos próprios sentimentos, do qual só conseguirá escapar com ajuda externa, com a minha ajuda. Eu tinha de começar a lutar contra aquela criatura, para não sucumbir a sua magia. Acima de tudo, precisava descer das alturas da superioridade que assumira para, sem medo, jogar tudo numa única cartada. Mas, que cartada? Ansiava pela presença de Maria, porque esperava que sua entrada em cena me esclarecesse. Se me apaixonasse outra vez pela mãe de Judit — o que não era certo, mas tampouco impossível —, a filha teria de tomar partido. O partido do amor invalidaria a suspeita. Mas, por que cargas-d'água Judit haveria de me amar?

Munido de dois pedaços ainda não cozidos de macarrão em forma de concha, eu brincava com as diferentes constelações da suspeita, da traição e do amor, tentando em vão sobrepor os dois pedaços incompatíveis de massa quando Judit entrou na cozinha, arrancando-me com gestos febris de minhas elucubrações. Mas que anfitrião mais ensimesmado você é!, exclamou ela: a pessoa que você mais ama neste mundo faz aniversário, e você fica sentado na cozinha, brincando com macarrão? Então, abraçou-me a cabeça e me deu um beijo na testa, um carinho que, claro, derreteu meu propósito de dar início à luta. Rendendo-me, me levantei e a segui algo perdido em direção à massa cada vez mais densa de convidados, a fim de me apresentar e perguntar como iam todos. Apenas escondera os dois pedaços de macarrão, e brincava com eles no bolso esquerdo da calça.

Comecei a conversar com um médico já de idade, que havia sido amigo do avô de Judit em Budapeste. Exercera sua profissão primeiro na Itália, depois na Inglaterra, e agora vivia em Munique com uma mulher quarenta anos mais jovem, e ali escrevia suas memórias fazia anos. Temos modos de vida bastante parecidos, disse ele, alegre. Pobre homem, pensei comigo. Pediu-me que fosse visitá-lo, e eu concordei, embora soubesse que jamais o faria por livre e espontânea vontade. Jamais vou à casa dos outros sem ser obrigado. Minha segunda mulher tinha prazer em "distribuir convites", o que resultou em que, no decorrer de meu segundo casamento, precisei acomodar-me na casa de produtores de concerto e diretores de programação, ao lado de médicos e esposas de empresários, e na presença de proprietários de haras e cirurgiões plásticos, todos interessados na música que eu compunha para a TV, mas jamais encontráveis nos poucos concertos em que minhas peças eram apresentadas. É provável que estivessem interessados apenas neles próprios, todo o restante — idas à ópera quando dos festivais, aos concertos quando das temporadas pianísticas de verão, e aos terríveis eventos beneficentes, apresentando pavorosas violinistas do Terceiro Mundo, sem o menor talento — servindo apenas para encontrar pessoas convidáveis e das quais pudessem também receber convites. Muitos chegavam a ponto de estampar seus convites no jornal, de modo que, um belo dia, quando publicaram na coluna de fofocas que eu havia sido visto em casa da condessa de Sachsen-Weimar e na companhia de Peter Brunnthaler, comerciante de automóveis cuja foto podia ser vista todo dia na imprensa, decidi nunca mais sair de casa. Depois disso, minha segunda mulher passou a ir sozinha a jantares, coquetéis e recepções, podendo-se ler no jornal do dia seguinte ao lado de quem fora vista, feliz e despreocupada. Ainda hoje, fotos dela saem de vez em quando nos jornais, porque seu novo marido, um cirurgião plástico, é o responsável pelas peruas clonadas cujas casas minha esposa freqüenta. Volta e meia não a reconheço mais; outras vezes, vem-me à mente uma vaga lembrança. É verdade, fui casado com ela, sim. É mesmo, ela está vivendo agora com um cirurgião plástico. Pois é, fico pondo na cabeça que a amei um dia. Não, não a amo mais.

O médico húngaro deu-me seu cartão de visitas, que, cuidadoso, enfiei em minha carteira. Até logo, despedi-me, e deixei-me levar por Judit até o grupo seguinte, em cujo centro se encontrava sentado um pintor húngaro que vivia em Munique desde 1958 e avançara até a posição de catedrático da academia de arte local. Precisei me obrigar a ouvir aquele singular gnomo, estimulado por minha presença, destilar sua sabedoria. A voz alta e anasalada era-me ainda mais repugnante do que o que dizia. Pobres estudantes, murmurei comigo mesmo, o desastre total não vai demorar muito.

Depois de uma torturante ronda, pousamos de volta em meu ex-escritório, onde os especialistas em estética continuavam discutindo, agora alimentados e de boca cheia, as aporias da modernidade.

Para mim, era o bastante. Não tinha mais razão alguma para permanecer em minha casa. Sob pretexto de ir ao toalete, deixei o cômodo e a reunião festiva, apanhei um casaco no andar de cima e fui dar um passeio ao longo do Isar, onde, àquela hora da noite, esperava não ser molestado.

10.

A chuva afugentara as pessoas. À exceção de um ciclista a entoar o *Bolero* de Ravel a plenos pulmões em meio à água, não encontrei ninguém ao longo da rua Thomas Mann, que eu descia em direção ao rio. Queria ir até a barragem, atravessando a ponte e voltando pelo outro lado do Englischer Garten, uma caminhada de duas horas, se não divagasse. O rio parecia feliz por cada gota d'água que lhe recobria a nudez em vários pontos, sulcando a superfície da água. Sob a passagem subterrânea da via expressa, uma bicicleta exibia dois pneus furados. O lugar sempre cheirava a mofo, de modo que se chegava contente ao final dos vinte metros de travessia. Uma pomba pousada nas hastes da estrutura, lá em cima, soltou uma bela caca, que caiu bem diante dos meus pés; que sorte, pensei, se estivesse um passo à frente, ela teria cagado na minha cara, e fui logo apertando o passo. Quando soprava uma rajada de vento, muita água pingava das árvores, e eu erguia o rosto para poder apanhar o maior número possível de gotas.

Desde que Judit aparecera em minha vida — tenha ela sido enviada ou tenha eu a encontrado, por acaso ou não —, nunca mais percorrera aquele caminho. De certo modo, é claro que ela tornara minha vida mais rica, abrindo meus olhos com sua juventude para coisas às quais eu não teria mais prestado atenção, a fim de não me desviar de meu caminho. Por outro lado, porém, ela também a havia limitado, cortado meu ar e arruinado meu humor com suas muitas perguntas. Se eu pretendia dar um de meus passeios a sós, ela logo perguntava se eu já havia trabalhado o bastante; e se, em vez de responder, vestisse meu casaco em silêncio, pedia que eu a ajudasse em uma coisa ou outra; caso eu lhe perguntasse se não podíamos mesmo deixar aquilo para mais tarde, então era porque eu era teimoso e só pensava em mim, pouco me importando com seus estudos. Assim, eu tirava o casaco e punha-me a ouvi-la ao violoncelo, no qual ela podia muito bem se exercitar sem mim; e, se ousasse fazer uma crítica, ela afirmava rindo que era espantoso como, sendo músico, eu entendia tão pouco de violoncelo. Cabia-me apenas estar presente e viver aquilo tudo: seu violoncelo, sua comida, sua família, suas idéias, sua aparência e até seus desenhos, que ela própria classificava como sofríveis. Em breve, ela conseguiria me tirar a alegria de trabalhar. Sim, pois embora nada tivesse contra minhas idas ao estúdio duas vezes por semana, para ganhar muito dinheiro numa mesa de mixagem, suas restrições a meu trabalho mais sério tornavam-se cada vez mais ofensivas. Nesse meio tempo, ela já havia "estudado a fundo" toda a minha obra, provendo-a de veredictos que não lhe cabia pronunciar, mas que ela expressava com uma insolência capaz de desarmar qualquer um. Aqui e ali, identificava "tentativas", elogiando por vezes uma passagem numa peça, de resto, infeliz, e um dia veio até mim com a alegre notícia de que a peça central de toda a minha obra era aquele *lied* dedicado à mãe dela, ainda que inspirado em maior ou menor grau na música de Hanns Eisler, se é que eu não o havia copiado ou mesmo roubado. Mas ele tem algo de que você pode se orgulhar: o aroma de seu tempo.

Foi escrito no ano em que você nasceu, Judit, em Berlim, e como é que você sabe qual era o aroma daquele tempo, que, aliás, tinha de tudo, menos um aroma? Tinha um odor, um gosto, um fedor, o que você quiser, mas aroma nenhum. Depois de uma hora de discussão absurda, claro que a época em questão adquiriu um aroma também, e meu *lied* — de resto, só suportável na voz de Maria, como ela o cantava outrora — era sua expressão musical mais precisa. Todo o restante de minha obra, eu podia tranqüilamente jogar no lixo.

Jamais afirmei que suportaria uma comparação com os grandes mestres de minha geração. Sempre me fora constrangedor ser elogiado, sobretudo em premiações, quando bem-intencionadas e venerandas comparações tinham lugar. Certa vez, ainda jovem, ao receber o Prêmio de Fomento à Arte da Cidade de Regensburg, sentado ao lado do vencedor do grande prêmio da noite — um escultor em madeira quase surdo e cujas mãos enegrecidas rastejavam feito toupeiras para fora dos punhos brancos de seu rústico avental —, tive de gritar-lhe nos ouvidos o discurso inteiro do prefeito em minha homenagem, repleto de grandes nomes. O senhor é um discípulo de Schönberg?, ecoou, de repente, a pergunta gritada no salão petrificado. Nessa idade, merece todo o respeito. Eu, de minha parte, sempre esculpi a madeira sem nenhuma orientação. E, enquanto o prefeito procurava concluir impassível o discurso de fomentador da cultura, o escultor seguira manifestando, também impassível, sua alegria por encontrar-se sentado ao lado de um discípulo de Schönberg, até que todo o salão retumbava em uma grande gargalhada, algo que não se ouvia em Regensburg desde a Idade Média.

A despeito, porém, de minha cautelosa reserva quanto a

comparações de minha obra com outras, eu produzira algo que julgava digno de respeito e que decerto teria encontrado maior reconhecimento, não tivesse eu receado tornar-me parte do fabuloso embuste praticado publicamente com a cultura. Hoje mesmo, eu lera no jornal que, num estábulo vazio em Weimar, um ex-diretor de cinema lera Nietzsche sentado sobre um monte de merda. Por certo, um acontecimento. Também eu estaria no jornal, se tivesse anunciado a leitura de trechos de *Além do bem e do mal* badalando cincerros. Mas não quero me sentar sobre bosta de cavalo e anunciar Nietzsche com cincerros. Não queria e não quero.

Gritei tão alto meu obstinado "não quero" diante da reluzente cortina de chuva, já na barragem, que só vi a mulher de cabelos desgrenhados, postada numa das reentrâncias do muro, quando ela se virou para mim. O que é que o senhor não quer?, perguntou-me com uma voz aguda e débil, que teve dificuldade em atravessar o espesso aguaceiro.

Não quero mais compor sob certas condições, respondi em consonância com a verdade.

E o que o senhor quer fazer, então?, perguntou a mulher. Se eu soubesse... O que pode querer fazer alguém que vive como eu?

Compor, disse, quero compor, mas agora só para mim.

Ninguém compõe só para si, retrucou ela, até onde eu sei.

E o que faz a senhora aqui?, perguntei. Ela não respondeu; apenas fitava melancólica algum ponto à sua frente.

Venha, convidei, se a senhora ficar aí parada, sozinha, em cima desta ponte, vai acabar perdendo toda a vontade de viver, e é capaz de mergulhar lá para baixo. As pessoas vivem se jogando da ponte. Estatelam-se, mortas, lá embaixo, porque a água ali é rasa. Pessoas abandonadas, que tampouco sabem o que fazer e, por isso, se casam, abraçam uma profissão e, um dia, morrem. Sempre com a foto do ex-amado no bolso, logo atrás da última nota de cem marcos. Por que não vamos juntos até a cervejaria, bebemos alguma coisa e contamos um ao outro o que, daqui por diante, não queremos mais querer de jeito nenhum?

Ela hesitou, mas veio comigo. Eu falava sem parar, embora não tivesse certeza se, com aquele falatório, a estava afastando ou aproximando da idéia do suicídio. Na cervejaria ao ar livre, serviram-nos à entrada doses duplas de aguardente, que tivemos de beber em pé, ao lado de um porta-guarda-chuvas lotado. Quando ela afinal me revelou seu nome, não pude evitar a gargalhada: Maria. Uma Maria toda encharcada, mais sem jeito do que cachorro molhado, a quem justo eu ensinava que, na vida, a gente tem de querer alguma coisa, antes de poder não querer mais nada. Em seguida, tomamos mais uma dose de aguardente. Depois, cuidei para que, na Kaiserstrasse, ela entrasse de fato em sua própria casa. Em pé, à janela iluminada, ela acenou para mim. Anotara seu nome e endereço no verso do cartão de visitas do médico húngaro. Podemos nos ver de novo, se o senhor quiser, ela dissera. A gente se vê.

Lá pelas onze, eu estava de volta, um homem feliz e pingando água em meio à colônia húngara. A recepção foi tudo, menos amistosa; as vozes fizeram-se baixas quando pisei a soleira da porta. Os muitos convidados, alguns já bêbados e com o rosto vermelho, abriram caminho, de modo que uma viela se formou, ao final da qual, feito uma imagem sagrada, estavam Maria e a filha, a mão da mãe sobre o ombro da filha inocente. Dirigiam olhares sombrios ao pecador.

11.

Houve um tempo em que era de bom-tom para um jovem músico tomar parte nos festivais de música dos países do Pacto de Varsóvia. Eles serviam ao entendimento entre os povos. De fato, ficava-se conhecendo uma porção de músicos das mais diversas nações, trocavam-se endereços, todos ouviam música, comiam e bebiam juntos até o amanhecer.

A partir de meados da década de 60, passei a ir sempre a Varsóvia, e o fazia de bom grado. Os músicos poloneses eram mais curiosos que meus colegas ocidentais. E meus colegas ocidentais eram mais suportáveis em Varsóvia ou Cracóvia do que em Colônia ou Donaueschingen. Havia mais do que isso. Ao longo dos três ou quatro dias que passávamos em Varsóvia todo ano, durante a Semana de Música Jovem, a cidade era nossa. As pessoas nos ouviam, queriam nos ouvir. A gente ficava sentada em bares enfumaçados até a hora de fechar, depois ia para as praças públicas e ficava conversando até o amanhecer. Em se tratando de música contemporânea, o que na Alemanha soava forçado, presunçoso, dissolvia-se nas noites polonesas: de repente, a questão era de novo a própria música, e não música e sociedade. Em Varsóvia ou Cracóvia, não se levantava poeira declarando que se pretendia mandar as salas de óperas pelos ares; e tampouco o projeto de reunir os trabalhadores em coros encontrava eco na Polônia. O trabalhador polonês não queria cantar. O trabalhador alemão queria ouvir música popular e de sucesso nas paradas, de preferência Mireille Mathieu e Vicky Leandros; aí ele cantava ou cantarolava junto. Mas o trabalhador alemão já não era um operário de fato, ao passo que o polonês, um operário de verdade, segundo pensavam meus amigos, ainda não estava perdido para a arte. Contudo — constatação deprimente —, mesmo o trabalhador polonês não tinha interesse pelo moderno, e menos ainda pela música contemporânea. Interessante foi a maneira pela qual meus amigos reagiram a esse desinteresse. Uma parte deles queria impor de qualquer forma sua idéia de uma vida musical socialista e, mais cedo ou mais tarde, caiu nos braços do serviço secreto, que tinha muitíssimo o que fazer: fortalecer-lhes a pretensão, por um lado, e, por outro, tirá-los do país o mais rápido possível, antes que as sementes de suas loucuras idealistas começassem a brotar. A outra parte, ao contrário, adaptou-se, de um jeito ou de outro. Um desses jeitos foi tornarem-se entusiasmados admiradores tanto da música de vanguarda quanto do socialismo, mas separadamente e sempre diante do público apropriado, a fim de não caírem em desgraça com partido nenhum. O outro jeito foi desdenharem tanto a atividade musical capitalista quanto a socialista, o que, é claro, também interessava ao serviço secreto. Um músico alemão-ocidental convidado a ir a Varsóvia ou Cracóvia para que ouvissem sua música, mas que se recusasse a tocá-la ele próprio ou a permitir que outros o fizessem, só podia despertar suspeita. Assim era que, em nossas descontraídas reuniões, sempre havia alguém à mesa que ouvia tudo com muita atenção, embora ninguém soubesse dizer quem era o sujeito. Por vezes, era um amigo da Alemanha Oriental a tornar imortais nossas discussões ou, ocasionalmente, até mesmo algum ocidental complementando seu orçamento na RDA. Então, sempre que um de nós não comparecia ao encontro seguinte — em Budapeste, Praga ou Berlim Oriental —, ficava claro que alguém dera com a língua nos dentes; como, porém, não haveria de ter sido nenhum dos presentes, seguíamos tagarelando sem papas na língua.

O lugar aonde eu mais gostava de ir era Budapeste. Lá, o trato com as pessoas era menos formal do que nos demais países do bloco oriental. Quando os novos escolásticos do Ocidente expunham suas teorias ali, eram recebidos com uma ironia mordaz. Vítimas disso eram sobretudo os colegas franceses. Por mais que se esforçassem em compatibilizar a música eletrônica com as exigências do materialismo dialético, colhiam sempre e tão-somente risadas. Não, sonoras gargalhadas. Como podiam ser tão palhaços! A sociedade burguesa — que era tudo quanto almejava a maioria de meus amigos húngaros — que fosse para o inferno, a fim de que a música burguesa pudesse desenvolver seu potencial revolucionário. Claro que a maioria dos húngaros com que topei provinha ou de famílias nobres, no mínimo, ou da alta burguesia: sua conduta e seu tom gentil haviam preservado algo desse passado familiar. Tipos conspiradores ou comissários não se viam, de modo que a pungência da argumentação não se aplicava, e freqüentemente nossos encontros tinham, antes, o caráter de um ensaio. Ensaiávamos nossa vida. Nesses *sketches*, os franceses faziam os velhacos eruditos, os alemães, os palhaços revolucionários, e o resto tinha de se contentar com o papel de figurantes. Os húngaros faziam a música.

Entre os compositores húngaros, havia um que me atraía em especial. Eu o conhecera em Leipzig, na casa de um historiador da música, homem de grande magnetismo pessoal que escrevera a obra básica sobre Eisler. Quem quer que quisesse saber alguma coisa sobre Eisler acabava aparecendo na toca repleta de livros de Helmut, que era quase um anão em estatura e que, toda vez que uma discussão estendia-se sem fim, se levantava de um salto, sentava-se ao piano e grasnava-nos um *lied* do próprio Eisler. Ele era Eisler. Como, cedo ou tarde, todos os compositores revolucionários daquela época ocupavam-se de Eisler, que tivera a bondade de nos legar, além da música, alguns escritos tratando de delicadas questões de mediação, também o jovem compositor húngaro foi parar na casa de Helmut. Fizemos amizade de imediato. É evidente que ele falava um alemão fabuloso. E não era apenas porque todos os compositores húngaros falavam alemão, entre outras línguas, mas porque ele provinha de uma família teuto-húngaro-judaica que, numa espécie de curso-relâmpago, ensinara quase tudo a esse seu último sobrevivente, uma quantidade de coisas que, em minha terra, não lograríamos aprender nem mesmo no curso de uma longa vida. Ele havia lido tudo, e retivera tudo o que lera. Púchkin e Rilke, a história da filosofia e da música, as ciências da natureza e as ocultas, Marx e Freud. Tinha na cabeça boa parte da literatura pianística, e não apenas a convencional. E como, além disso, era incapaz de deixar uma garrafa pela metade, acostumara-se a um tipo de sociabilidade que parecia o menos adequado a sua pessoa. Essa criatura alta como uma árvore e magra feito um palito podia passar horas à mesa conosco sem dizer uma palavra. Envolto numa aura de melancolia e ausente distração, ficava fumando e fitando coisa nenhuma, cantarolava de vez em quando alguns compassos que lhe vinham de súbito à cabeça, suspirava, massageava o dedo amarelo de nicotina — e calava. Permanecia calado até que alguém lhe puxasse a manga da camisa, pedindo alguma informação, a qual ele de pronto se dispunha a dar de forma amistosa e abrangente, fosse ela sobre Schubert, o Talmude ou história húngara. Mal concluída a exposição, mergulhava de volta em seu silêncio, que alguns interpretavam como timidez e outros, como falta de autoconfiança, a maioria, porém, entendendo que se tratava de uma forma bastante pronunciada de suave arrogância. Ele se chamava Janos. Quando jovem, fora do partido, mas saíra logo; depois, abandonara um almejado posto de docente no conservatório, e nem sequer chegara a assumir o de redator musical, que lhe foi oferecido. Aos trinta, já tinha composto mais do que a maioria de nós, invariavelmente peças curtas, que as rádios ocidentais gostavam de tocar. Vivia disso. E, de algum modo, vivia melhor do que seus colegas húngaros da mesma idade, que levavam vida bastante pobre, embora, tanto quanto possível, procurassem viver à larga. Além disso, como sempre conseguia obter um visto, Janos aparecia também nos principais festivais ocidentais de música contemporânea, um ouvinte de primeira classe, que, depois do concerto, sentava-se à mesa e ficava calado até que o chamassem. Diante de tal comportamento, era inevitável que logo surgissem os primeiros rumores de que era um espião, alguém que, um belo dia, nos entregaria a todos. Sobretudo um teórico alemão — um companheiro de Munique que, com seu modo pedante de identificar a luta de classes na história da música, voltava contra si todos os participantes de nosso grupo — espalhava suas sinistras suspeitas, não se abstendo sequer de alusões anti-semitas, que logo estavam na boca de todos. De repente, aquele rapaz dócil era um espião, um sujeito calado, mas traiçoeiro, que se sentava à nossa mesa e, em missão do partido, guardava tudo o que dizíamos para, então, empregá-lo ainda quente contra nós mesmos. Coube a mim, à época, o papel de denegrir o denunciante como agente da Alemanha Oriental, o que, aliás, dada a escassa popularidade daquele burocrata, consegui fazer.

Mas uma dúvida continuou pairando sobre meu amigo Janos, uma sombra de desconfiança e suspeita que, para muitos, até hoje ainda não se extinguiu.

De todo modo, saí ganhando com Janos. Como, vez por outra, ele passava semanas em minha casa, pude desfrutar de sua liberalidade e generosidade. Ele me ajudava em tudo. E foi ele também que, num longo e doloroso processo, me livrou da camisa-de-força da filosofia materialista.

A família de sua mãe havia sido assassinada nos campos de concentração alemães; o pai, um famoso comunista, morrera num campo de trabalhos forçados da "pátria do proletariado mundial". Deixara um legado de trinta e cinco cartas, uma antologia da fome e dos interrogatórios, da carência de vitamina e do fervor revolucionário, um testemunho da intentada extinção de sua individualidade que, além das depressões, da melancolia, do medo e da saudade, descreve também sua amizade com dois companheiros alemães que pereceram diante de seus olhos. Janos conhecia aquelas cartas de cor, e sempre que um dos colegas comunistas de Colônia, Paris ou Milão acreditava-se na obrigação de repreender algum outro, ele começava a murmurar uma passagem do sofrimento contido nas cartas do pai. Era sempre o primeiro a ver além da careta que acompanhava a cobrança de posicionamento político correto.

Era ele que me atraía a partir para Budapeste sempre que uma oportunidade se apresentava. E fora por intermédio dele que eu conhecera Maria.

12.

Quando, de volta em casa depois de uma semana, morto de cansaço, a gente lia os nomes de músicos anotados em pedaços amarrotados de papel, despencando feito pó de cada peça de roupa, muitas vezes era impossível lembrar dos rostos correspondentes aos nomes. Não se havia topado apenas com grupos de dança popular eslovaca, jazzistas eslovenos, violinistas russos e flaustistas azerbaijanas, mas também com jovens músicos comunistas provenientes de Cuba, Paris e da Costa do Marfim, todos eles dotados de nomes, endereços, perguntas e esperanças. E quando, mal recuperado de todos os discursos e dos excessos alcoólicos que o haviam ajudado a sobreviver a tamanho palavrório, o sujeito tornava a se sentar em sua escrivaninha para retomar o trabalho, já lá vinham as primeiras cartas lembrando conversas e promessas. Tinha-se, então, de sair à cata de partituras, de discos raros e de livros a enviar a todos os países do mundo. Cumprida, enfim, essa estafante e custosa tarefa, capaz de distrair qualquer um de todos os demais trabalhos acumulados, estava-se já às vésperas do festival seguinte, em Praga, Varsóvia ou Budapeste. Eu tinha por vezes a impressão de que se tratava de uma conspiração das forças conservadoras, visando a impedir o desenvolvimento da música contemporânea. Afinal, o serviço secreto não podia esperar grande coisa de nós, ocidentais. De fato, nossa música era executada aqui e ali e mesmo premiada, mas decerto não era levada a sério, de modo que nossa única ligação com acontecimentos importantes em nossos países de origem se dava por meio dos jornais. E quem convidava um músico, para o que quer que fosse? Todo escritor, mesmo que escrevesse apenas versos breves sobre paisagens desvanecendo à luz do sol, era solicitado a se manifestar sobre a situação mundial. Também a gente de teatro podia dar vazão a sua mensagem política, antes de subir ao palco para encenar *Emilia Galotti*. A jornalistas e acadêmicos também não faltavam oportunidades para abrir a boca, e, à época das Alemanhas separadas, era até comum que políticos falassem de coisas sobre as quais nada entendiam. Mas por que haveriam de admitir um músico na discussão das importantes questões da sociedade, alguém que não escrevia senão peças para harpa, percussão e berimbau-de-boca? O fato é que não éramos entendidos! As regras da ilusão que praticávamos em nossas composições eram acessíveis apenas a iniciados. A ilimitada flexibilidade das notas era um enigma para a maioria dos ouvintes. Como foi que o senhor fez isso?, era a pergunta que mais nos faziam. No Leste, é claro, era diferente; lá, cada oboísta carregava consigo segredos de Estado; lá, a primeira viola conhecia o caminho das pedras.

Como não esperavam conseguir de nós algo de útil, passaram pouco a pouco a convocar também os teóricos, filósofos da música e críticos, gente de boa formação que se podia acordar no meio da noite, se se desejasse ouvir uma palestra sobre "música e sociedade". Eles detinham a patente sobre a explicação de nosso trabalho. E eram uma mão na roda para o serviço secreto, que precisava designar seus agentes mais inteligentes, para não fazer papel ridículo. Via-se, então, um funcionário do Partido Comunista Francês, a testa franzida, pretendendo explicar a um agente do serviço secreto polonês o segredo da *musique concrète*, enquanto, na mesa ao lado, um talentoso redator de um grande jornal alemão-ocidental esclarecia a seus convivas o que significava de fato o slogan "mandem as óperas pelos ares". Como a quantidade de não-músicos convidados aos festivais era cada vez maior, o serviço secreto, que dispunha apenas de um número restrito de especialistas em música, viu-se impossibilitado de cuidar também de nós, músicos, de modo que passamos a desfrutar de tempo relativamente grande para o intercâmbio e as conversas imperturbadas. Sim, relativamente, pois boa parte do tempo era gasta com discursos de boas-vindas, discursos inaugurais, brindes à paz e à amizade e visitas às casas de grandes músicos locais, do passado e do presente, bem como com enfadonhos discursos de despedida. Em Bratislava, eu mesmo pude ver um dos melhores ensaístas da Alemanha Ocidental, um catedrático esquerdista de Münster ou Osnabrück que escrevia sobre música, esvaziar seu copo a cada brinde feito a uma delegação, de modo que, ao final das boas-vindas, precisou ser levado de ambulância para o hospital. Lutaram durante quatro dias para salvar-lhe a vida. Por ocasião da cerimônia de encerramento, ele estava recuperado. Na viagem de volta a Munique, precisei ampará-lo no banheiro de meia em meia hora, enquanto vomitava, porque mesmo a pouca quantidade de álcool que ingerira na despedida fora suficiente para transformá-lo numa carcaça balbuciante e emporcalhada da cabeça aos pés. Tenho muito a agradecer-lhe, pois, de volta à sobriedade, escreveu um relato entusiasmado do evento num dos melhores jornais alemães, no qual afirmava que, numa época de decadência, de abandono e de paralisia da produção musical, por um lado, mas de florescimento dos festivais, por outro, era louvável o alto nível da participação internacional, com especial destaque para mim, como a verdadeira estrela de Bratislava, o que, em casa, rendeu-me a mais alta bolsa de estudos possível na área musical, a qual me foi entregue pessoalmente pelo secretário da Cultura do Estado Livre da Baviera. Músicos dotados de certo senso para o cômico — e não havia muitos, aliás — divertiram-se a valer naquela premiação, porque fui descrito não apenas como um artífice de grande virtuosidade, mas também como alguém de quem se podia esperar que, um dia, viria a atender plenamente às mais altas exigências da arte. Tomara...

Assim, fiquei dividido ao receber um convite para ir a Budapeste. Por um lado, encontrava-me no meio de um trabalho e não queria interrompê-lo de modo algum; por outro, atraía-me a cidade que, àquela época, era considerada um centro de ruptura. Além disso, a Munique daqueles tempos tinha algo de tão prepotente e provinciano que, a despeito de toda intolerância, decidi-me enfim pela viagem. Talvez certo pressentimento tenha também me levado a não recusar o convite, um sentimento de que poderia viver algo importante, contanto que me mexesse. Durante todo o verão, só o trabalho me ajudara a conter a irritação; as notícias de Berlim e Frankfurt haviam arruinado meu humor, porque, passada a pressão política, o tédio artístico mostrava agora sua verdadeira face. A arte moderna tornara-se um brinquedo; ela jamais se recuperaria dos ataques políticos. E estava em discussão sobretudo a música contemporânea, cuja audácia técnica ninguém dos que nos ouviam conseguia ouvir, porque ela não tivera voz no grande concílio para a formulação definitiva do bom gosto. Nossa arte não era nem decorativa nem sintética. E era tudo, menos bela. As artes nunca mais belas. Em Budapeste, assim eu acreditava, seria diferente. E logo eu não pensava em outra coisa que não Budapeste. Budapeste reuniria os últimos jovens compositores ainda sérios; em minha alegria antecipada, Budapeste era a salvação, o grande modelo, a célula do novo.

Portanto, lá fui eu para Budapeste — passando por Viena, onde uma execução bastante insensível de uma peça de minha autoria apenas reforçou meu entusiasmo por Budapeste. Para aumentar ainda mais minha tensão, estava chovendo; choveu de Viena até Budapeste, e a chuva em Budapeste era mais desagradável do que em Viena, mais úmida, se se pode dizer uma coisa dessas, não passageira, mas penetrante, uma chuva pegajosa que se imiscuía por todos os cantos. E, como o céu consistisse num único bloco cinza, sem rasgos ou buracos, logo já nem se sabia de onde vinha a chuva, pois ela chegava de todos os lados, de cima e de baixo. Nesse cenário apocalíptico, cheguei a Budapeste, isto é, vi algumas casas que, segundo o jovem que foi me apanhar na estação, pertenciam a Budapeste. Vi carros perfurando a cinza parede de água, a fumaça do escapamento era de imediato pressionada contra o chão, como se fosse proibida a produção de tais gases, e mesmo a fumaça das chaminés não subia em direção ao céu numa linha vertical. Vez por outra, eu vislumbrava uma ou duas pessoas silentes e hostis à beira da calçada, provavelmente à espera do ônibus. Nem com a melhor das boas vontades se podia imaginar que viriam buscá-las. Mas ficar ali em pé, e nada mais, era parte das regras da ilusão. Devagar, a vontade seria paralisada em sua disposição de travar uma guerra contra as condições da vida. Então, acabariam por se tornar parte da massa cinzenta, parte da chuva.

O jovem Miklós, aluno do conservatório, conduziu-me a meu alojamento, uma espécie de quartel supostamente no centro da cidade, onde ficavam todos os convidados estrangeiros. Ao descer do carro, vi buracos na parede da casa, como buracos de balas. No vestíbulo, lá dentro, formara-se um comitê de recepção, que cumprimentou o músico já encharcado apenas em decorrência do pequeno trecho percorrido entre a rua e a casa. Precisei entregar meu passaporte e preencher dois formulários; em seguida, serviram-me uma daquelas inigualáveis aguardentes húngaras, capazes de trazer de volta à vida até mesmo um moribundo — elas imunizam contra a depressão; sorvidas em quantidade suficiente, mantêm coesa a carne que ameaça fugir sob a ação de uma força centrífuga e, com a rapidez do vento, recompõem um corpo compacto, ao menos à primeira vista. E são uma delícia! Pode-se saborear em cada gota toda a doçura e todo o amargor que a destilação de aguardente já foi capaz de inventar. Estendi meu copo de novo e, sem hesitação, tornou a enchê-lo uma senhora carrancuda, já de alguma idade. Estava, pois, em Budapeste, e agora minha vida poderia mudar.

Meu quarto dava para a rua, segundo me informaram. Na verdade, eu deveria dividi-lo com um italiano, um trombonista que, graças a Deus, não viera. De fato, havia duas camas no minúsculo espaço e, aliás, preenchiam-no por completo. Se desejasse escrever, havia uma mesinha dobrável de madeira presa à parede; para deitar na cama, era necessário dobrar a mesinha para baixo, mas, sentado, podia-se utilizá-la como escrivaninha. Eu me sentia como o jovem Törless. Misteriosa Hungria!

Para a noite, depois da cerimônia geral de boas-vindas, oferecia-se a palestra de um teórico alemão da literatura sobre o tema "O tom elevado na lírica alemã atual". Por solidariedade ao palestrante, Gert Trares, que ensinava literatura alemã na Escola Superior de Comércio Varejista em Clausthal-Zellerfeld — eu jamais ouvira ou lera seu nome em parte alguma —, saí na chuva, que me apartava de qualquer contato com os budapestenses, a caminho da faculdade de Filosofia, em cujo auditório teria lugar o evento. As primeiras fileiras estavam reservadas para os convidados do festival de música; logo atrás de nós, os estudantes. Como cheguei tarde, precisei me espremer entre dois músicos africanos, que ocupavam mais de um terço de meu assento e nada fizeram para propiciar-me algum conforto. Ambos haviam colocado os fones de ouvido, a fim de ouvir em tradução inglesa as explicações do professor Trares, que de pronto deu início à palestra, como se tivesse apenas aguardado a minha chegada. E principiou enumerando alguns dos nomes acusados daquele "tom elevado". Como ninguém no auditório conhecesse os réus, estabeleceu-se certo alvoroço em poucos minutos; e como o professor Trares havia esquecido ou perdido a folha contendo as bases para suas acusações, pôs-se a reler apenas os nomes. Os dois africanos começaram a rir com tamanha sem-cerimônia que, no meio dos dois, eu sacudia junto em meu assento, o que, por sua vez, teve um efeito contagiante sobre as fileiras à nossa frente, que começaram também a rir baixinho, dando origem a um nicho de risadas, uma ilha de contentamento que saudava cada novo nome com alegria. Somente quando o palestrante passou a recitar poemas dos representantes do tom elevado foi que o silêncio voltou a reinar por um momento, o qual aproveitei para tentar reconquistar centímetro por centímetro da superfície de meu assento. As fileiras de poltronas começaram a esvaziar-se; balançando a cabeça de um lado para o outro, os franceses foram os primeiros a partir, seguindo-os pouco a pouco o restante da Europa Ocidental. Os asiáticos tiraram os fones de ouvido e assentiam com a cabeça, exaustos da longa viagem. Também meu vizinho da direita já ouvira o bastante sobre o tom elevado na lírica alemã e, suspirando, deitou sua pesada cabeça negra sobre meu ombro. Eu me perguntava se o governo alemão mandava aqueles professores pelo mundo por medida de economia, pois não era concebível que, depois de semelhante palestra, algum ouvinte ainda sentisse a menor vontade de ir até um Instituto Goethe para aprender a língua alemã; mas não pude levar adiante aquela linha de raciocínio, porque agora o professor Trares anunciava que, dando início à segunda parte de sua exposição, citaria alguns dos absolvidos da acusação do tom elevado. Aquilo foi demais inclusive para os bem-intencionados ouvintes que entendiam alemão e que, até aquele ponto, haviam perseverado. Puseram-se a deixar o auditório, em parte sob protesto, porque, enquanto isso, o professor bania ainda Paul Celan e Ingeborg Bachmann da história da literatura alemã. Agora, no entanto, ele atingia o ápice de sua forma, pois, como magnífica contrapartida ao tom elevado, mencionava o poeta Klaus Kottwitz. Alguns anos antes, o referido poeta infelizmente morrera de tanto beber, o que o impedira de completar sua obra tão promissora, e era uma burrice que não houvesse uma edição completa de seus poemas — afinal, eram doze os de autoria comprovada —, mas, de qualquer modo, o professor Trares pôde comunicar com evidente satisfação que, mesmo sujeitando-os a análise minuciosíssima, não era possível encontrar naqueles versos um único traço do tom elevado. O Goethe tardio, Heine, Kottwitz — assim o público restante no auditório budapestino deveria conceber a linha evolutiva da moderna poesia alemã. E enquanto Trares, tendo à mão uma revista estropiada, preparava-se para recitar uma das doze poesias comprovadamente de autoria de Kottwitz, os últimos ouvintes deixaram o auditório, e, com eles, também meu vizinho africano, a quem não se poderia atribuir escassez de carne traseira nem, portanto, indisposição para permanecer sentado. Kottwitz! Kottwitz!, exclamava ele, rindo alto, para o grande salão, balançando a portentosa cabeça e desaparecendo lá fora, de onde, quando a porta se abria, gargalhadas penetravam no auditório. Envergonhado, eu me revirava na poltrona, sentia raiva e nojo, mas permaneci até o fim, até aquele ponto em que, tirando os óculos, o professor Trares ergueu os olhos e perguntou: e o que resta? Kottwitz é o que resta, ouvi uma voz feminina responder, uma voz grave e clara de contralto, a qual, como podia ver agora, pertencia a uma jovem mulher, também ela preparando-se para deixar aquele auditório dos horrores, na qualidade de última representante húngara da platéia. Na primeira fileira, havia ainda dois jovens compositores da Alemanha Oriental, desejosos de discutir com o professor o aumento na incidência do tom elevado, e, vindo lá de trás, aproximava-se o zelador, querendo pôr fim àquilo tudo. Assim, também eu caí fora.

Somente com muito esforço consegui abrir caminho pela multidão arrebentando-se de rir do senhor Trares e de sua teoria conspiratória do tom elevado, infiltrado na sociedade alemã-ocidental sob o disfarce da poesia. Toda vez que um brinde era erguido em meio a toda aquela gente, ouvia-se a dupla saudação Kottwitz! Kottwitz!, de modo que ao menos o nome do poeta tombado pela bebida se preservou.

Como não sentia vontade de me desculpar pela patética baboseira de meu compatriota, atravessei cabisbaixo a descontraída multidão, a caminho da rua. Embora a chuva houvesse diminuído, a umidade e o frio ainda eram grandes do lado de fora. Diante do edifício, três ônibus aguardavam com suas janelas palidamente iluminadas, a fim de levar os convidados de volta ao quartel; eu, porém, com o auxílio de um pequeno mapa que encontrara em meio ao material que tínhamos recebido, queria procurar sozinho o caminho de volta. Indeciso quanto a se deveria me dirigir para a direita ou para a esquerda, eu girava o mapa da cidade que tinha nas mãos quando, a meu lado, surgiu a mulher que também permanecera até o final da palestra. Venha, disse ela, tenho um guarda-chuva aqui, e, dando-me o braço, me conduziu pela escadaria em direção à rua. Não falávamos muito. Ali morava Babits, ela dizia, ou: Bartók vivia entrando e saindo daquele edifício, e, lá em cima, onde se vê luz acesa, mora Lukács. Como volta e meia topávamos com o Danúbio e o atravessávamos, eu tinha a impressão de que estávamos andando em círculos. No meio de uma das pontes, ela se deteve de súbito, olhou para mim e disse: agora, ou procuramos um restaurante ou vamos dormir; tenho de poupar minha voz para amanhã, para os tons elevados. Claro que, sem sombra de dúvida, eu queria ir a um restaurante, porque a idéia de precisar voltar ao quartel pareceu-me insuportável. Assim, fomos a uma taverna num bairro deserto, uma espécie de bar dos artistas, onde ela bebeu um chá, eu, uma cerveja e, depois, uma dose de aguardente, e onde pudemos olhar melhor um para o outro. Não fique me olhando muito, disse ela, aquela palestra me fez envelhecer. Eu, porém, continuei contemplando seu rosto, como se tivesse de guardá-lo para sempre. Meu nome é Maria Zuhaczs e amanhã vou cantar seus *lieder* baseados nos poemas de Mandelstam, disse ela de repente. Ah... Foi tudo o que consegui pronunciar, e mesmo aquela manifestação minimalista pareceu-me embaraçosa e inapropriada. Tarde da noite, depois de ela me haver contado sua vida inteira, e eu a ela metade da minha, Maria me levou de táxi até o quartel. Até amanhã, despediu-se; até amanhã, respondi.

No vestíbulo escuro, algumas pessoas ainda estavam sentadas, inamovíveis, ao redor de uma garrafa de vinho, dentre elas meu vizinho africano do auditório, que acenou para mim com ambas as mãos, exclamando Kottwiz! Kottwitz! Kottwitz, respondi, e subi as escadas correndo feito um desesperado.

Excetuando-se as noites curtas, Maria e eu passamos quatro dias juntos. Como ela morava com sua numerosa família, tínhamos de nos separar toda noite, ao amanhecer. Em duas das noites, ela se apresentou na ópera, fazendo papéis secundários; na noite seguinte ao nosso encontro, cantou meus *lieder*. Sentado na última fileira, eu lutava contra as lágrimas, porque imaginava jamais ter ouvido interpretação mais bela dos *lieder* de Mandelstam (em tradução de Celan) que eu musicara. Depois, o diretor chamou-me ao palco, para os aplausos, o que constituiu oportunidade de tomar Maria nos braços e beijá-la em público. Um momento comovente, disse-me mais tarde o africano, que comparecera vestindo seu suntuoso traje nacional: *very moving, indeed*.

Para o fim de semana que se aproximava, Maria providenciara uma casa, na qual desejávamos celebrar imperturbados o triunfo — nossa noite dos *lieder* fora já, por antecipação, declarada o ponto alto de todo o festival. A casa pertencia a um poeta que ela conhecia bem, um ganhador do prêmio literário nacional. Uma espécie de Kottwitz húngaro, disse-me ela, mas com uma obra imensa. Recebi diversas chaves e uma descrição precisa de como abrir as várias portas conduzindo ao interior do santuário. A rua em que se encontrava a casa de Pal Friedrich — esse era o nome do panegirista da Panônia — descia do Danúbio. Se a gente se debruçar na janela, bem para a frente, dá para ver o quarto de Lukács, informou-me ela, mas meus planos para o fim de semana incluíam tudo, menos debruçar-me na janela. Eu queria me casar.

13.

A fim de podermos nos reunir sem ser perturbados, combinávamos encontros freqüentes no Museu Nacional, em cujas salas pouco iluminadas podíamos conversar longamente diante dos quadros. O dedo indicador da pedagogia museológica ainda não chegara à Budapeste daquela época; as obras todas dormiam um raro sono profundo, quase imperturbado por visitantes. Como poucos dos quadros expostos haviam sido restaurados, podíamos nos postar bem perto daqueles tesouros artísticos e ali permanecer sem que os sonolentos aposentados a vigiá-los, sentados em banquinhos, viessem nos chamar a atenção. Naquela época, não se conheciam casos de roubo de quadros. Podia-se, sem receio e sem causar grande comoção, retirar da parede algum quadro de formato menor para submetê-lo a exame mais detalhado à luz da janela. Ao meio-dia, pouco antes da pausa para o almoço, e ao final do dia, antes do fechamento, algum movimento invadia a estranha paralisia daquelas salas. Os vigias levantavam-se e se esticavam, para, então, suspirando e com seu passo arrastado, irem examinar se algum tipo esquisito detinha-se ainda diante da suntuosa mesa posta das naturezas-mortas, diante dos presuntos e uvas, dos faisões e das perdizes, dos queijos e demais manjares espalhados por toda a cidade, e somente em Budapeste encontráveis em tal profusão. A sublime desolação do ambiente em que a arte exercia seu grande poder de iludir compunha a moldura apropriada a nosso diálogo sussurrado.

"Vamos entrar nos quadros", Maria cochichou-me no corredor do conservatório, com os trompistas romenos e pianistas búlgaros a circundar-nos feito uma parede negra, envoltos em sua infelicidade inquebrantável pela coragem ou pelo ódio, mas apenas e tão-somente pela perfeição. Cada uma daquelas crianças crescidas demais, vestindo ternos que não lhes caíam bem, nada mais tinha em mente senão ganhar um prêmio, a fim de, então, poderem tocar — e, claro, viver também — em Varsóvia e, depois, em Nova York, morando num apartamento da Park Avenue forrado de contratos fonográficos. A nós, ocidentais, cabia ser o buraco da agulha pelo qual se divisava a Terra Prometida; justo nós, que tínhamos vindo a Budapeste para reconciliar música e sociedade. Cabia-nos ajudar. Mas nada podíamos fazer senão explicar aos colegas de olhos avermelhados e às moças em ciciantes vestidos de tafetá por que "a ausência de argamassa entre as notas" era um passo necessário.

Claro que sempre havia alguém presente apenas ouvindo, alguém cujo ouvido coletava, ordenava e passava adiante todo aquele desalento — que, de todo modo, acabava desaguando na vitória da partitura —, relatando-o a um ouvido maior, o qual, por sua vez, estava em contato com uma mão ossuda, responsável pelos carimbos nos passaportes. Vamos entrar nos quadros, Maria sussurrou-me, e eu me despedi com alguma desculpa tola, deixei o edifício e, seguindo um caminho cheio de voltas, dirigi-me ao museu.

Pelo que me lembro, era um dia quente. As pessoas caminhavam rente às paredes das casas, ainda marcadas pelos tiros da guerra e da insurreição, ou deslizavam sob a copa das árvores, de sombra em sombra. Nos quiosques de refrescos, pequenas multidões haviam se formado, crianças suadas com suas mães indolentes, soldados com seus quepes debaixo do braço, tendo os olhares das mulheres a inspecioná-los.

Para chegar ao museu, era necessário trocar de bonde duas vezes, razão pela qual eu sempre ia a pé. Numa das poucas ruas movimentadas que tomei para cortar caminho, vi que, um pouco à minha frente, um senhor idoso encostara-se a uma árvore e deslizava agora para o chão, produzindo um ruído raspado. Corri até ele e ofereci ajuda, porque era evidente que, sozinho, o velho não conseguiria alçar-se do chão poeirento rumo ao qual sucumbira com a respiração pesada. Onde o senhor mora?, perguntei àqueles olhos arregalados, colocando seu braço em torno de meus ombros e deixando-me guiar por ele, que, para meu espanto, falava um alemão excelente, em direção à porta de entrada de um edifício, que abri, depois de apanhar a chave em sua jaqueta. No momento em que adentramos o frescor do vestíbulo, vi pelo canto do olho Maria parada na rua, a pouca distância, mas não tinha como acenar para ela ou chamá-la, pois o velho cambaleava adiante e a porta bateu às nossas costas, fechando-se. Ele morava no terceiro andar, e o elevador não estava funcionando. Fazia tempo, informou-me o senhor idoso, que, de algum modo, logrei carregá-lo escada acima, o que, sendo ele magro como era, graças a Deus não chegou a constituir um problema. Mais difícil foi abrir a porta do apartamento com ele nos braços. Também essa tarefa, porém, foi levada a cabo, depois de diversas chaves conduzirem à rendição do complicado sistema de segurança.

A seguir, foi tudo muito fácil. Depois de acomodá-lo no sofá, apanhar seu remédio no quarto de dormir e fazer-lhe um chá, seus velhos ossos recobraram o ânimo, e, tendo eu deixado claro que ele podia, sem nenhum conflito ou peso na consciência, se deixar cuidar por um estranho, o velho logo se pôs a me contar sua vida. Conhecera todo mundo, mas jamais se tornara de fato conhecido. Graças a Deus, conforme afirmou: do contrário, não estaria mais vivo. Certa covardia o protegera de expor-se, embora fosse membro do partido desde a mais tenra juventude: primeiro, em Viena; depois, em Berlim. Com Arthur Koestler, que vira ainda outro dia, estivera na Guerra Civil Espanhola, e logo tive de ir buscar um livro em sua escrivaninha, contendo uma dedicatória ao "querido Andras, em memória da Guerra Civil Espanhola"; de Lukács, tinha uma opinião ruim (infelizmente, um mau-caráter e um traidor pior ainda); contou dos processos públicos e de Belá Balasz, com quem escrevera em 1925 um roteiro para cinema que, embora tenha sido comprado, infelizmente jamais havia sido filmado; contou ainda de Egon Erwin Kisch e Hanns Eisler, cuja voz áspera e alegre tentou imitar, sendo então acometido de tal acesso de tosse que, como seu médico temporário, precisei prescrever-lhe uma pausa na narrativa, pausa essa que, no entanto, ele não foi capaz de suportar até o final. Era evidente que não conversava fazia muito tempo. E era evidente também que aquele homenzinho magérrimo escolhera a mim para recontar sua vida e advertir a não amontoar tanta coisa começada e inacabada, de que não pudesse me livrar depois. Para ele, tudo tinha uma motivação política — e nada havia sido levado até o fim. Um vida feita apenas de planos, desde as idéias socialistas da juventude até os projetos literários fracassados; desde suas esperanças de fincar um pé no cinema americano até um emprego na rádio húngara que não durara mais do que três meses. Muitas vidas são consumidas para que uma dê certo, disse-me ele: aqui na Hungria, cem para uma.

Sentado em minha poltrona, eu ouvia. Abrira a janela para deixar entrar algum ar no cômodo sufocante. Embora o céu não estivesse limpo, nada indicava que uma tempestade espantaria em breve o calor abafado. Enquanto o sr. Andras falava sem cessar sobre a escuridão do mundo, o céu lá fora fazia-se cada vez mais claro, e quando afinal pude lhe servir uma sopa e me permitir uma garrafa de vinho, resfriou-lhe a acalorada narrativa autobiográfica uma fresca brisa noturna.

Passei minha vida toda mergulhado, tombado e desonrado entre velhacos, disse ele, e agora não tenho alternativa senão consumir o tempo que me resta na leitura de meus velhos livros, até morrer. O poder está nas mãos dos homens mais insensatos, podres, cruéis e egoístas que há, um bando dissoluto que empurrou a história para o trilho errado.

Quando sua voz se tornou um rouco estertor, comecei a preparar o terreno para minha despedida. Lembrei-me, então, também de Maria, que agora esperava por mim fazia horas diante do museu.

Preciso ir, disse-lhe, estão me esperando, embora o concerto noturno já houvesse começado. Depois de ajudá-lo a se levantar, para que, à minha saída, ele pudesse voltar a trancar a porta com todo seu sistema de segurança, fiz-lhe ainda uma última pergunta: o que achava da família de Maria?

O velho precisou se sentar outra vez, tamanho esforço demandou-lhe responder. O senhor tome cuidado, disparou trêmulo. A família toda tem ligação com a polícia secreta. Se o senhor deseja sacramentar sua infelicidade, tudo o que tem a fazer é envolver-se com ela.

E, com essa afirmação críptica, fui dispensado. Ela me perseguiu enquanto eu caminhava pelas ruas já mais frescas de Budapeste. Seguia ainda em minha cabeça quando entrei no alojamento, e recusou-se a desaparecer quando, depois de receber da porteira uma carta de Maria, larguei-a sem abrir e, por fim, deitei-me na cama em busca do sono, que, em algum ponto do amanhecer, deve ter me libertado ainda e sempre daquelas mesmas palavras.

14.

A rua do edifício em que morava Pal Friedrich supostamente descia do Danúbio, e, aliás, bem próximo da casa de Lukács. Encontrá-la, porém, era impossível. Num passeio já infeliz pelo labirinto de ruas, era a terceira vez que eu desembocava no Danúbio, envolto em minha capa de chuva e na companhia de pensamentos pouco ou nada encorajadores acerca de meu futuro, pensamentos que eu, encostado à parede cinza do molhe, tentava sacudir para fora de mim e afogar. Quanto mais impossível se fazia encontrar a rua, mais ridícula afigurava-se-me a empreitada que, ainda pela manhã, eu caracterizara como uma grande aventura, a salvação de minha vida, e isso porque, em segredo e contra todas as evidências, eu tinha a esperança de poder me observar de uma outra perspectiva. Um pelo outro, um contra o outro — esse duplo movimento que ameaçava dilacerar-me haveria de encontrar uma explicação, visto de outra perspectiva. Alguns viajavam para a Índia na tentativa de descobrir o estreito território da própria alma; eu fora a Budapeste e encontrara uma cantora lírica, de cujas qualidades aquietantes ou inquietantes esperava extrair algum esclarecimento sobre minhas limitações interiores. Agora, porém, encostado ao muro gelado e fitando a escuridão da água que corria silenciosa e borbulhante sob meus pés, deparara com o contrário: de certo modo, retornara a meu velho eu, e surpreendi-me analisando desanimado as conseqüências da aguardada aventura, até decompô-la em centenas de detalhes, os quais pareciam-me tão absurdos, miseráveis e imorais que eu teria preferido voltar ao alojamento, a fim de, na companhia de gente conhecida, dar prosseguimento à árida discussão acerca das condições sociais da música que, na minha ausência, com certeza seguia patinhando no mesmo lugar.

Contudo, eu queria ainda fazer uma tentativa. Passava um pouco das dez, e, mantendo-se os aplausos dentro de certos limites, Maria chegaria em uma hora; até lá, eu já teria me aquecido e cozinhado um jantar, com o intuito de criar as melhores condições para aquilo que, agora, eu sentia apenas como uma carga, uma insensatez e uma leviandade moral. Era-me penoso pensar no esforço que me custara conseguir aquela casa para o fim de semana, e mais penosa ainda era a lembrança das palavras que eu dissera a Maria, para convencê-la a passar o fim de semana comigo. Fora tão longe em minhas juras e promessas que, assim podia supor, ela acabaria por desmascarar meu comportamento como uma *clownerie*, a divertida comédia de um alemão-ocidental que, sabe muito bem, deixará o país em uma semana; contudo, esse meu desejo de ser desmascarado foi claramente encoberto por uma máscara bem mais eficaz. Eu teria preferido, pensava agora, que Maria houvesse me convencido a requerer novo visto para a primavera, a fim de, decorrido certo prazo de cuidadosa provação, apresentar-me a ela já decidido e munido de um bem elaborado projeto de vida; em vez disso, ela de imediato fizera de tudo para encontrar aquele apartamento para meu derradeiro fim de semana em Budapeste, nosso ninho de amor, como ela, para meu horror, se expressara, como se eu não tivesse feito o possível e o impossível para conferir à minha corte demasiado exaltada o aspecto de uma corte que se sabe vã, de um claro aviso para que ela não se envolvesse comigo. Como tantas vezes em minha vida, porém, minha *clownerie* tão visível acabou por ensejar o desejo do envolvimento com o homem por trás das máscaras — claro, homem e músico sério, artista vulnerável, necessitado de seu disfarce para não ser aniquilado pela sociedade banal e desprovida de qualquer interesse pela música contemporânea. Eu próprio, contudo, sabia muito bem que, sem meus exageros e provocações, sem meus acessos arrebatadores de tagarelice, jamais teria conseguido a atenção de Maria, e que a ela, não fossem minhas máscaras, jamais teria ocorrido ver em mim um homem com o qual desejaria viver a chamada aventura. Agora, até a desprezava um pouco, por ela não ter sido capaz de distinguir o verdadeiro do falso, por ter caído no truque da máscara; mas, ao mesmo tempo que acreditava precisar desprezá-la por isso, desprezava a mim mesmo por entreter pensamentos tão banais a seu respeito. Ela é tão mais inteligente do que eu, pensava ao contemplar os sutis redemoinhos e borbulhas do Danúbio. Portanto, haverá de pressentir o embaraço que irá me assaltar na expectativa do fim de semana; e, portanto, fará tudo para que esse embaraço não estrague o fim de semana.

Enquanto pensava numa boa razão para partir pela quarta vez à procura do edifício, um cão se juntou a mim, jovem e sarnento; as orelhas, apartadas de um modo singular, pareciam ter sido parafusadas dos dois lados da cabeça; um cão que evidentemente desejava tomar parte de meu destino. É certo que ele mantinha um olho na cestinha contendo o jantar, por entre cujas malhas largas entrevia-se o papel pardo de embrulho que envolvia não apenas o peixe e os legumes, mas também a lingüiça que eu comprara para o ulterior café da manhã; mas seu outro olho, ou assim acreditei, apreendera meu problema: sua escura amizade dirigia-se apenas a mim, o soturno ascético. Como estivéssemos defronte à casa de Lukács, chamei-o György, o que pareceu tê-lo agradado, pois ele se pôs de imediato a abanar amistoso as orelhas estropiadas. Enquanto eu o alimentava com pedacinhos de lingüiça, que, apoiado nas patas traseiras e feito um aluno aplicado, ele deglutia sem fazer nenhum movimento reconhecível de mastigação, György contou-me sua terrível história, que, a despeito de todo o exagero de que somente um cão vadio é capaz, me agradou de tal maneira que não me restou alternativa senão lançar-lhe ainda goela abaixo a última pontinha de lingüiça. Você está exagerando, György, disse eu, depois de ele haver afirmado conhecer cada gato-pingado daquele nobre bairro. Todo cachorro húngaro exagera, na hora decisiva da lingüiça, mas seus exageros são desmedidos. Em todo caso, se você é tão esperto quanto diz, me mostre o edifício onde mora o escritor e bom comunista Pal Friedrich. György levantou-se, esticou-se, abriu a boca e pôs-se a caminho, passando por todos os edifícios adormecidos, agora meus conhecidos, como se eu tivesse crescido naquelas ruas já escuras; virou à esquerda, depois à direita, até que chegamos de fato à rua que eu procurava, e ele se deteve diante do edifício de número 16, onde morava o famoso poeta que, naquele momento, estava passando o fim de semana num congresso de escritores em Moscou e que, como meritório artista de seu país, dedicava-se a transformar o sofrimento que acompanha o processo criador em versos radiantes, para a alegria da classe trabalhadora. Maria me dera uma edição de seus ensaios publicada na Alemanha Oriental, contendo uma dedicatória escrita a mão que recobria toda a folha de rosto e desembocava num coração inclinado, o qual ele desenhara ao lado do próprio nome. Eu folheara o livro na noite anterior, mas aquele coração me distraíra de tal forma que não fui capaz de compreender a profunda distinção ali postulada entre cultura urbana e cultura rural em Pétöfi. De manhã, ele jazia ainda, não lido, ao lado do meu travesseiro, a encadernação verde aconselhando-me a nova tentativa de leitura.

Obrigado, György, disse ao cachorro, e abri a porta de entrada do edifício seguindo as orientações precisas de Maria, que parecia conhecer bem o lugar; entramos, eu tornei a fechá-la e subi com cuidado as escadas, como um indesejado intruso, até a galeria do terceiro piso, lá em cima, onde, à luz fraca de algumas lâmpadas isoladas, encontrei o apartamento 32, no interior do qual eu haveria de viver a iminente aventura do fim de semana, já resvestida de tons cada vez mais assustadores em minha imaginação.

O edifício respirava, podia-se ouvi-lo com clareza. Eu me debrucei sobre a balaustrada e pus-me a escutar o escuro abismo com a cabeça inclinada, como se desejasse me certificar de que ninguém me seguira. Vez por outra, uma risada revoava pela escada; depois, ouvi música e, depois, uma voz chamando alta e desesperada por um nome, como se alguém, no sono, quisesse deter uma pessoa já a caminho. Eu não sabia o que fazer. Assim, e nada mais me ocorrendo, enfiei a chave na fechadura do apartamento e girei-a tão devagar quanto possível. Por um lado, sentia-me um canalha ordinário, considerando-se os atos que me dispusera a praticar; por outro, um arrombador comum, que, vindo do Oeste e imiscuindo-se ali, intentava penetrar no coração da arte oriental; mas havia ainda uma terceira sensação, não mais que o esboço de um pressentimento: você está caindo numa armadilha. A timidez com que eu executava aquele arrombamento era tão evidente que talvez eu pudesse alegar circunstâncias atenuantes, caso o episódio algum dia resultasse numa acusação. O mais provável era, no entanto, a pronta execução da pena de morte. De todo modo, com aquele cão atento de pêlos desgrenhados atrás de mim, eu estava com certeza fora de lugar, não pertencia àquele cenário, ainda que, a despeito da aflição continuada, nada me ocorresse que pudesse alegar ao acusador invisível. Meu coração batia alto e desconfortante, o sangue acumulava-se em minha cabeça e uma tremedeira apoderara-se de meu corpo inteiro, parecendo querer desprender a pele dos ossos a intervalos cada vez menores. Mesmo o disciplinado György parecia ter sido contagiado por aquele meu estado nada agradável, pois, de súbito, jazia arfante contra a porta feito um tapete enrolado, farejando ávido a fresta, como se um paraíso de carnes o aguardasse do outro lado. De repente, eu precisava rir; queria a providência que meus nervos se distendessem numa sonora gargalhada. Por um instante, vi a mim mesmo com os olhos da polícia secreta: um compositor berlinense agachado em devoção diante da fechadura de um estranho, com uma tremedeira no corpo, suando à beira de um desmaio e na companhia de um cão húngaro ganindo ávido. Antes que a risada se libertasse, eu precisava agir.

Quando, então, quis empurrar com todo o cuidado a porta já destrancada, para evitar qualquer rangido, assaltou-me pela fresta crescente um fedor cáustico, tão desagradável que nos afastou para longe, a György e a mim, em pânico, ao que, com meus movimentos incontrolados de fuga, pisei com força na pata do cachorro, que respondeu com um ganido de dor, parecendo soar como uma antecipação de toda expressão futura de sofrimento.

Um homem barbudo e de pesados óculos de tartaruga a aumentar-lhe de forma sinistra os olhos já arregalados saiu do apartamento 31 e veio postar-se a meu lado na galeria, confrontando-se com um estranho debruçado de joelhos sobre um cão que gania, e ao qual buscava confortar com carinhosas palavras alemãs. Fosse porque episódios semelhantes o houvessem já imunizado ou porque ele não esperava outra coisa de seu proeminente vizinho, o fato é que aquela ruidosa confusão não pareceu desorientá-lo. Em que posso ajudar?, perguntou ele, num alemão antiquado e familiar, e, a título de resposta, eu, de início, consegui apenas apontar mudo para a porta aberta do apartamento de Pal Friedrich, que seguia exalando o mesmo fedor cáustico de antes, a verdadeira causa da embaraçosa situação em que eu e o cachorro nos encontrávamos.

O barbudo, que mais tarde se revelou professor universitário banido e amante da hermenêutica, o que evidentemente lhe arruinara o aparelho olfativo, adentrou o apartamento com os passos miúdos de um míope, procurou e encontrou o interruptor e convidou-me, a mim e ao cão, a segui-lo. Como não podia deixar de ser, no corredor medianamente iluminado erguiam-se estantes repletas de livros ali enfiados sem critério, diante dos quais se amontoavam fotografias, pedras, canetas e semelhantes quinquilharias, depósitos de poeira que pareciam sentir-se à vontade ao lado da poeira geral que dominava o apartamento. O professor empacara na porta de entrada, mas o cachorro e eu nos enfiamos feito dois pesquisadores pelas profundezas daquelas fileiras de livros, para o que me vali primeiramente de minhas mãos e, depois, à maneira de um leque, e no intuito de vez por outra obter algum ar respirável, de um diploma outorgando um prêmio literário nacional. Então, também o cachorro ficou para trás: deitado sobre uma passadeira, a cabeça pousada sobre as patas, ele começou a choramingar assustado. Ao final do corredor, me voltei e, como por um telescópio, vi o cachorro esticado no chão e, mais distante, o barbudo filósofo postado diante da porta feito uma silhueta e tentando me dizer alguma coisa com estranhos movimentos das mãos. Abri as janelas da sala de estar e deixei entrar o ar gélido e úmido. Em seguida, sentei-me numa poltrona de couro sob a janela aberta e respirei fundo dez vezes, contando nos dedos. Talvez eu não possua o dom da aventura, passou-me pela cabeça, assim como não tenho grande talento para a felicidade, para a dedicação perdulária; talvez todas as aventuras — ou aquilo que, depois, eu entenderia como tal — que algum dia cruzaram meu caminho tenham sido apenas ações dirigidas, voltadas a lançar-me num estado de confusão e atropelo. Naquele caso, era Maria quem estava me dirigindo? Teria ela me atraído para a casa fétida e repugnante de um escritor-funcionário com o intuito de pôr à prova meu caráter?

Depois de contar até dez, tornei a me levantar e acendi todas as luzes disponíveis, a fim de trazer ao menos alguma claridade àquele reino sombrio, mas nem mesmo essa medida foi capaz de expulsar a profunda malignidade que impregnava a sala. O mal se apoderara de todos os objetos com a mesma e inescrupulosa singularidade do fedor, era como uma camada a recobrir a mesinha da sala e as poltronas, os quadros e os livros. György viera até mim com uma expressão tristonha e arrastava-se agora, mancando, rumo a uma porta decorada com cartazes amarronzados, na qual logo começou a raspar com veemência a pata saudável. Eu o segui e abri aquela porta também, embora já devesse saber àquela altura que todas as portas daquele reino dos mortos conduziam a um terrível fiasco. Os pálidos raios de luz recaíram sobre uma escura roupa de cama, em cima da qual gemiam três gatos já completamente sem forças, fitando a luz com olhos fixos, como se a contragosto houvessem sido impedidos de partir para o paraíso felino. Eu jamais deparara com visão mais terrível da miséria, fosse em Budapeste ou em qualquer outro lugar. Aos meus tímidos chamados, os gatos tentavam erguer-se dos próprios excrementos, mas dobravam-se de pronto e caíam de volta, todos juntos, num montinho desgrenhado. O próprio

György contemplava perplexo e imóvel aquela penúria: um testemunho de revolta. E naquela mesma cama, passou-me pela cabeça, naquele leito encharcado de mijo de gato, Maria desejava celebrar comigo um casamento antecipado.
Onde ela se metera, afinal?
A caminho da cozinha, tive de passar de novo pelo corredor, em cuja extremidade iluminada erguia-se ainda e sempre a silhueta visível do professor empacado numa postura auscultatória. Venha, me ajude aqui, pedi-lhe, aconteceu uma desgraça, mas o tímido senhor pareceu tomar aquele meu apelo por um truque. O que houve?, respondeu, em que posso ajudar?
Precisei atravessar todos os clássicos empoeirados do realismo socialista para alcançar a porta, lá na frente, e trazer à força o relutante professor para o território do inimigo, porque, conforme me confessou depois, julgara tudo aquilo uma pérfida encenação do serviço secreto, que, na sua ausência, poderia invadir-lhe a casa com facilidade e remexer imperturbado em seus escritos hermenêuticos — desprotegidos, nas palavras dele! —, escritos de que, prontamente acessíveis, sua casa estava repleta. Mas, ainda que um auxiliar de pouca valia, o professor revelou-se disposto a ajudar, e com ele lancei-me à tarefa de trazer de volta à vida os gatos abandonados. Passado um bom tempo, havíamos limpado os animais e os alimentado com meu peixe — antes destinado à refeição romântica —, além de os haver acomodado numa gaveta esvaziada da escrivaninha do mestre socialista do soneto, ao lado do aquecedor, de onde, envoltos em toalhas, eles assistiam à ambiciosa operação mediante a qual restabelecíamos a ordem na casa. Lençóis, colchas e cobertores foram retirados e jogados na sacada repleta de caixas de garrafas; e, já que estávamos fazendo uma bem entrosada faxina, muita coisa se seguiu à roupa de cama, até chegarmos por fim ao colchão, que agora tomava o ar da noite de inverno de Budapeste. O sr. Bela — co-

mo, a seu pedido, passei a chamar o hermeneuta — tomou gosto por aquela atividade proibida, de modo que me foi fácil convencê-lo a banirmos para o quarto de dormir todos os objetos que não eram de nosso agrado, até restringirmos a mobília da sala às poltronas, à mesinha de centro e a uma escrivaninha vazia, conferindo-lhe um aspecto geral austero, mas, de certa maneira, habitável. Concluída essa tarefa, retiramos da geladeira uma primeira garrafa de tócai — depois, duas outras — e, embrulhados em nossos casacos, acomodamo-nos confortavelmente nas poltronas. György fora agraciado com uma lata de sardinhas búlgaras em óleo. O sr. Bela foi buscar seu cachimbo e eu próprio me servira de um charuto cubano, que encontrara numa caixinha na estante de livros. Quem teria imaginado que a noite se tornaria tão agradável?

Bela deu início ao relato corrido sobre suas pesquisas com uma descrição comovente — e, por isso mesmo, cômica em diversos pontos — de sua expulsão dos quadros da universidade, que, no fundo, nada mais foi que o banimento do método hermenêutico de toda a filosofia húngara. A si próprio, descreveu como figurante de uma história lastimável, um pedaço da lastimável história da filosofia húngara do pós-guerra; coube-lhe dar as deixas que possibilitaram aos senhores catedráticos precipitar-se sobre ele. Contudo, a cada humilhação que me relatava, ele inadvertidamente deslocava sua própria pessoa cada vez mais para o centro do conflito, de forma que acabei tendo a impressão de que a filosofia húngara existia única e exclusivamente por sua causa. Sua obstinada resistência assegurara a sobrevivência dela; sua recusa a seguir a linha oficial fortalecera nela a capacidade de resistência. Caso eu arranjasse para aquele hermeneuta, agora valendo-se de argumentos marxistas, um cargo na Alemanha Ocidental, todo o sistema húngaro de formação filosófica haveria forçosamente de ruir, pensei comigo. Em suma, precisamente porque o senhor Bela não podia mais alimentar esperanças de ser o expoente de um avanço, por minúsculo que fosse, ele manteve viva a esperança da filosofia marxista húngara. Nem ele próprio acreditava na possibilidade da existência de algo como uma filosofia marxista, e a idéia de uma estética marxista liberal, conforme esbocei a ele em poucas palavras, o fez rir tanto que os gatos semifamintos, bem como o cachorro, ergueram a cabeça. A técnica de sua retórica consistia em formular perguntas sem cessar, às quais ele próprio respondia, como se nas muitas horas de solidão houvesse desenvolvido grande perícia naquele jogo. Pode alguém, de posse relativa de suas faculdades mentais, conceber uma estética marxista?, perguntou-me ele, acrescentando de imediato um rabugento "não", que lhe fez tremer a portentosa barba. Quem já é incapaz de almejar o impossível só pode fazer o demasiado possível!, exclamou. Olhe a nossa arte, nossa arte formada no marxismo, e o senhor verá apenas incompletude e inércia, quando não mero embotamento e indolência, uma atividade funesta que privou a alma de toda a sua força; e, se acreditávamos que a revolução comunista faria surgir algo repentino e inaudito, encontramos nas galerias estatais apenas um conglomerado capenga, uma continuidade do mais baixo nível: mudança e transformação, não vemos em parte alguma. Um quadro impuro, fechado, impenetrável. A vida do espírito e, portanto, também da filosofia, que nada mais tem a ver com filosofia, não pode ser mantida por meio da mera continuidade do ruim e do medíocre, de uma piora relativa e paulatina dos instrumentos da arte e do pensamento, da opção pelo possível, mas, ao contrário, só podemos mantê-la por intermédio da ruptura, rasgando o firmamento vazio, que nós despovoamos.

 Assim, tendo bloqueado os caminhos para o passado, o que nos resta senão rumar para o campo aberto? Mas o campo aberto nos meteu medo, permitiu o retorno do velho e do ruim, do ordinário, dos artistas terríveis e seus caprichos. Estamos sentados nas poltronas de um desses artistas terríveis, bebendo o vinho desse artista terrível, cuja arte consiste apenas em rechear o grande soneto de um pequeno conteúdo socialista.

Eu não viera à Hungria para refletir com meus colegas sobre uma estética marxista? Pois agora estava sentado ali, ouvindo com crescente serenidade o belo cantarolar da velha erudição européia, um caminhar conceitual pela corda bamba entre dois penhascos inconciliáveis erguendo-se sobre o nada.

O álcool me ajudava a acompanhar aquela ladainha; quanto mais eu bebia, mais fácil se fazia para mim penetrar na oficina interior de mestre Bela, onde ele forjava sua fantasia mitológico-extravagante. Quando, no meio de seus longos períodos, ele se detinha por um momento, era como se quisesse fazer um pedido, e seus olhos suplicavam que eu adivinhasse esse pedido; mas eu continuava sentado e calado em minha poltrona de couro, vez por outra assentindo com a cabeça, até que ele retomava o fôlego e recomeçava. Que forças o haviam exortado a erguer a voz naquele tom tão exaltado, isso eu não sabia, mas não me surpreendi quando, após longa e complexa peroração, ele começou a falar de Deus, a quem cumpria dedicar fervor incondicional, a fim de não desbaratar seu interesse por nós. Isso é tudo o que podemos fazer, disse-me ele, mastigando meditabundo a própria barba. Precisamos gritar nossas próprias palavras à história geral, não as do partido. Precisamos reconhecer o passado como parte de nossa história pessoal também, a fim de compreender o desenvolvimento da arte como expressão de nossa existência. Ao contrário do que acreditam os catedráticos que me escorraçaram da universidade, não passamos a existir somente depois da Revolução de Outubro, meu caro senhor! Aqueles formam um bando de criminosos semiletrados, que a grandeza uniu à vileza, o augusto, ao vergonhoso. Como conquistar o futuro dessa maneira?, perguntou-me ele, mascando seu cachimbo.

Não pude responder. Exausto, permanecia sentado na grudenta poltrona de couro e tentava exibir uma expressão de moderado interesse. O conceito de "unidade alimentadora", de que ele se valera diversas vezes para unir Platão a Kant, atravessou-me a cabeça zunindo, deixando atrás de si um rastro que procurei prover de uma melodia. Qual era minha "unidade alimentadora", se é que eu dispunha de alguma da qual pudesse me servir? Sim, a música, certo. Mas, a se dar crédito a meu novo amigo filósofo, eu não estava à beira de trair essa fonte derradeira em favor de uma ideologia?

Somente o cristianismo — Bela prosseguiu, perturbando-me a reflexão —, somente o cristianismo tem condições de içar do nada o mistério e plantá-lo no homem, só o cristianismo conhece as metáforas do inominado que caracterizam as grandes doutrinas religiosas. Nenhuma arte, e menos ainda marxista, vai conseguir compensar a lacuna surgida da supressão insensata de tudo quanto é cristão. Nenhuma arte, por mais vanguardista que seja, é capaz de substituir a força elementar das grandes doutrinas. De resto, todas essas grandes doutrinas vêm do Leste — acrescentou Bela com um sorrisinho irônico —, mas de um leste um pouco além dos países do Pacto de Varsóvia. De nós, não veio nada. Não temos nada, e nada mais temos a oferecer. Nossa loja está vazia. Os únicos que ainda nos visitam são intelectuais do Ocidente, que vêm farejar aqui e ali em busca da verdade. Deus do céu, como são tolos, que idiotas! E não vai demorar muito para que seja o Leste a visitá-los, meu caro senhor, e se os senhores não tiverem mais nada a oferecer além de alguns museus, de igrejas transformadas em museus, de uns dois ou três filósofos marxistas e de algum trocado, então que Deus tenha piedade dos senhores.

Em algum momento, toda aquela verbosidade, que, depois de anos de solitárias pesquisas, encontrara enfim um destinatário, deve ter-me feito adormecer. O fato é que, de repente, acordei assustado de um terrível pesadelo e chutei a mesinha de centro com tal violência que as três garrafas que ali compunham uma pacífica natureza-morta viraram num estrondo, uma das quais rolando para além da mesa e atingindo o cachorro, que escapara havia tempos das diatribes acerca do vazio ocidental mergulhando em sono profundo. Com seu focinho torto e as orelhas singulares, ele me fitou com tamanha tristeza que, suspirante, fui escorregando da poltrona até o chão e pus-me a afagá-lo. Somente então notei que a outra poltrona estava vazia. Tudo indicava que o hermeneuta retornara a seu apartamento, a fim de prosseguir o trabalho em sua teoria da transformação, porque, segundo concebia, apenas a transformação seria capaz de dar vida ao rápido esboço que Deus nos legara do mundo. Contudo, enquanto refletia sobre essas últimas palavras, as últimas que eu havia apreendido ainda em estado de vigília, ouvi de súbito uma risada estridente provinda de outro cômodo. Era Maria. E, quando enfim me levantei, desejando partir na companhia do cachorro em busca daquela risada, ela de pronto entrou pela porta com o filósofo, de modo que me deixei cair de novo na poltrona empoeirada. A preleção podia, portanto, ter prosseguimento. Se Maria não tivesse se jogado em cima de mim com um berro, cobrindo-me a cara de beijos, o hermeneuta, tendo já a quarta e a quinta garrafas abertas diante de si, teria continuado amaldiçoando a tristeza do efêmero, que desejava ver apartada do eterno da tradição. A essa altura, eu já assumira de forma tão incondicional a responsabilidade pelo falatório de Bela que os beijos e carinhos infindáveis de Maria, pretendendo lançar no esquecimento seu atraso imperdoável, pareceram-me inapropriados, quando não embaraçosos, de modo que, toda vez que ela trabalhava meu pescoço com os lábios úmidos, eu sinalizava ao filósofo por cima da cabeça de Maria que continuasse com seu discurso. Contudo, não havia mesmo como prosseguir. Levou algum tempo até que Maria enfim me libertasse; de todo modo, tempo demais para, na seqüência, dar vez ainda à filosofia. Por outro lado, o súbito libertar-se da gravidade de seus pensamentos pareceu agradar também a Bela, pois, com as pernas esticadas, ele se sentou na poltrona do desprezado e ausente poeta comunista, de cujo potente tócai desfrutava, enquanto Maria fez-me relatar até o final da quinta garrafa a razão pela qual havíamos esperado por ela embrulhados em nossos casacos e com a janela aberta. György e os gatos ouviam atentamente.

Se meu relógio ainda marcava a hora certa, eram três e catorze da manhã quando Bela, num súbito ganido, sucumbiu. De pronto, Maria reconheceu a inutilidade de, naquele seu estado, chamá-lo de volta à vida; assim, ela me levantou da poltrona, fisgou a chave da casa de dentro do bolso da jaqueta de Bela e, após fechar a janela e apagar a luz, foi comigo até o apartamento vizinho, onde nos enfiamos na cama desfeita de Bela, como se fosse a coisa mais natural do mundo.

15.

Poucas semanas após minha partida de Budapeste, não de todo bem-sucedida do ponto de vista moral, eu recebia já as primeiras notícias de Maria, e, aliás, em Munique, para onde eu fora em razão das melhores condições de vida ali reinantes. O clima berlinense não fazia bem a minha música. Muita revolução, poucos quartetos de cordas. Como Maria e eu houvéssemos combinado não confiar ao correio nossas juras de amor — porque, na opinião dela, o correio estava diretamente vinculado à polícia secreta e claramente nada fazia para negar essa íntima vinculação —, particulares tiveram de assumir tal função. E como tampouco a estes pudéssemos confiar cartas de conteúdo inequívoco, cabia a poemas e recortes de jornal transmitir as mensagens, de tal forma que, com freqüência, eu me punha a elucubrar sobre textos mal traduzidos de Pétöfi ou Ady, pois, a despeito de cuidadosa exegese, não conseguia ver em que sentido a dor ali descrita se aplicava a nós. Sobretudo uma edição dos poemas de Ady, no interior da qual, marcando certas passagens, Maria inserira flores secas, proporcionou-me grande dificuldade. No fim, eu era capaz de recitar de cor os poemas em questão, sem contudo reconhecer ali as linhas mais profundas a nos unir. Assim sendo, nada mais me restou senão interpretar toda a dor da existência que Ady emanava, em empreitada de um corajoso tradutor da Alemanha Oriental, como o fundamento de nossa vida dividida. Já que, numa situação como a nossa, a tendência era já a de tomar toda e qualquer coisa, até mesmo os acontecimentos políticos mundiais, como sinais destinados a nós e a mais ninguém, os inocentes e patéticos poemas de Endre Ady compunham exemplos ainda inofensivos de nosso intercâmbio secreto.

Num belo e já bastante quente dia de primavera, recebi o telefonema de um crítico musical, que desejava me encontrar sem demora e a sós, a fim de transmitir-me notícias de Budapeste. A fama desse homem era extraordinária. Verdade que publicara apenas uns poucos e breves ensaios em revistas distantes, escritos, ademais, num estilo tão conciso que apenas seguidores inveterados julgaram necessário lê-los na íntegra, mas o efeito dessa sua produção minimalista era espantoso. Onde quer que ele aparecesse, era recebido com um misto de medo e reverência. Sua mensagem revestia-se de expressão complexa, mas era simples de passar adiante: a história da música estava terminada e a matéria-prima musical, esgotada. O erudito sarcasmo com que ele recobria tudo quanto ainda se pretendesse composição elaborada fazia murchar até os trabalhos mais avançados. Eu também não podia esperar dele alguma misericórdia; ainda durante o telefonema fitei aflito o início de minha segunda obra para quarteto de cordas, que, à época, espraiava-se sobre minha escrivaninha.

Como ponto de encontro, ele sugeriu uma cervejaria ao ar livre que, graças a visitas anteriores à cidade e em virtude da qualidade dos vinhos ali servidos, aprendera a apreciar. Eu, de minha parte, evitava aquele tipo de cervejaria, e jamais teria me ocorrido esperar encontrar bom vinho ali. De imediato, suspeitei que aquele seu capricho tivesse por intenção confundir-me. Como, porém, desejava vê-lo de qualquer maneira, fui logo concordando. Foi-me inteiramente impossível prosseguir com o trabalho após o telefonema, pois suas muitas alusões e sugestões demandavam alguma ordenação. Ele estivera no festival de música contemporânea de Cracóvia, nada que valesse a pena mencionar, mas interessante, de qualquer forma, porque lá vivia um dos últimos grandes pesquisadores europeus da cabala, o professor Peterkiewicz, com quem tivera o prazer de conversar. Depois desse encontro com Peterkiewicz, naturalmente cancelara a palestra sobre música e capitalismo que planejava dar, em razão de sua evidente desimportância, optando, em vez disso, por subir ao palco com Peterkiewicz para discutir o conceito de *teschuba* (transformação), o que, acreditava, era de gigantesco significado para a continuidade da música — sem expectativas e não propriamente recheada de esperanças —, tanto no capitalismo como no socialismo, conforme ouvira reiteradas vezes dos poucos músicos interessantes presentes em Cracóvia. Suponho que o senhor compreenda que campo se abre na esteira desse conceito de *teschuba*, perguntara-me ao telefone, e, como eu produzisse não mais que um ruído vago em resposta, prontificou-se de imediato a, depois, na cervejaria, me oferecer um resumo dos pensamentos que desenvolvera em Cracóvia, na companhia de Peterkiewicz. Dentre seus entusiasmados ouvintes estivera Maria, que dera um concerto na noite anterior — de lamentável caráter efêmero — e que, depois, em sua companhia e na de alguns escolhidos, fora até a casa de Peterkiewicz, em cuja biblioteca, a mais completa biblioteca particular de toda a Europa em se tratando de cabala, ficou ouvindo o venerado professor até o raiar do dia. Então, no caminho da casa de Peterkiewicz a seu local de hospedagem, Maria teria confidenciado verbalmente a ele algumas coisas que, também verbalmente, ele gostaria de reproduzir-me com a maior exatidão possível, se eu assim o desejasse.

Pus-me a caminho, embora dispusesse ainda de mais de três horas até o encontro. Há pessoas que nos esgotam ao telefone, com freqüência, sobretudo quando bem-intencionadas e com coisas a dizer que, na verdade, gostaríamos de ouvir. Ainda assim, ouvi-las proporciona-nos tormento extraordinário. No caso do famoso crítico musical, foi a singular mistura de música e cabala que me fez suar ao telefone: não fosse ele portador de notícias de Maria, eu teria simplesmente desligado. De todo modo, suas palavras me haviam tornado impossível escrever mais uma nota sequer, de modo que estava contente por poder, com uma caminhada, banir de minha cabeça a problemática da transformação.

A rua estava particularmente deserta. A sra. Köhler, mulher do porteiro, fumando encostada à parede do edifício, cumprimentou-me com um aceno de cabeça que, de algum modo, parecia revelar certa culpa, embora não tivesse ficado claro se ela pretendera desculpar-se por fumar ou por vagabundear. No quiosque, o homem estendeu-me os jornais e os cigarros com um suspiro. Suspirava sempre, às vezes acrescentando um "ah..." a seus gestos tristes, como se precisasse se justificar pelas notícias que vendia. Hoje, sua mão tremia, mais parecendo um animal correndo para fora da toca escura do quiosque, e tremia tanto que tive de recolher as moedas de cima das revistas expostas. Nunca pudera ver direito seu rosto, apenas a mão direita atormentada por um fungo, tremendo, e aquele seu suspiro, talvez expressão de aflição, infelicidade ou vergonha. Recebeu o dinheiro com um suspiro e deu-me o troco com outro. A conversa sem palavras que, desse modo, ele entabulava com sua clientela parecia-me com freqüência a soma de todas as conversas possíveis; o suspiro trancafiado era a fonte primordial de todas as notícias de política, economia, cultura e esportes que se podiam conceber — e era também o que restava de todas as disputas intelectuais: algo neutro, sem substância, breve. Enquanto seguíamos diferenciando, pedindo o *Frankfurter Allgemeine*, o *Süddeutsche Zeitung* ou a *Der Spiegel*, o *Herald Tribune* ou o *Le Monde*, cigarros sem filtro ou com filtro; enquanto falávamos, ainda que de forma rudimentar, ou apenas balbuciávamos, aquela voz do quiosque desistira de articular palavras: um suspiro disperso era tudo o que produzia o homem acocorado em sua caverna, contorno e substância.

Três garotas de uniforme estavam sentadas no balcão do café, com boinas cobrindo os cabelos crespos. É provável que fossem estudantes da escola de moda, que contribuíra para uma visível elevação do estilo das roupas em nosso bairro. As moças estavam bebendo Coca-Cola com canudinho e riam tanto que o refrigerante subiu-lhes pelo nariz, o que provocou um acesso de tosse, obrigando-as a levantarem-se dos banquinhos e, praticamente, vomitar. Mal tinham acabado de reerguer-se de sua posição curvada, com o fôlego já retomado, puseram-se a chacoalhar em novo ataque de riso, até que, dobradas e com lágrimas nos olhos, deixaram o café para dar prosseguimento a sua dança de são Vito encostadas numa tília revestida de um brilho esverdeado. Eu já terminara de beber meu café quando uma delas voltou para pagar as três Cocas. Junto ao balcão, de pernas abertas sobre as botas militares, ela respondia à pergunta da garçonete, que queria saber o que tinha acontecido: pois isto é que é doido — nem a gente sabe! Pela cara da garçonete, notei que ficara decepcionada. Teria gostado de rir junto, ainda que não houvesse motivo para rir. Foi então que, por sobre o balcão da cozinha, ela olhou para mim, o único freguês àquela hora do dia, querendo saber se também eu não começaria a rir, mas eu lia a seção de economia do *Die Zeit*, de modo que ela não lograria identificar em meu rosto sequer um meio sorriso.

Meia hora antes do combinado, eu estava na pequena cervejaria. O sol já não aquecia, e as pessoas haviam preferido o interior do estabelecimento ao ar livre. Além do maître, que, munido de um pano, limpava as mesas com cuidado, mas pouca habilidade, havia apenas dois outros senhores no jardim, os quais, em virtude do sol já baixo e ofuscante, não pude reconhecer direito, mas que atraíam a atenção para si com veementes movimentos dos braços. Eram o temido crítico musical Horst Leisegang, que jamais escrevia, e o igualmente temido regente — que, por isso mesmo, jamais regia — Günter Sofsky, para cuja mesa me dirigi com certa agitação interior e sem suspeitar de que Leisegang e Sofsky formavam um casal. Ambos cultivavam uma polidez maravilhosa e demodê, que facilitava o trato e disfarçava, por assim dizer, toda a maldade que cometiam sem cessar. Tinham sempre a mesma opinião — e foi, o mais tardar, aí que notei estar diante de um jovem casal —, o que fazia com que um tomasse as palavras do outro e as concluísse. Estavam ambos sentados na cervejaria desde o telefonema e já haviam bebido várias garrafas de um vinho leve, o que com certeza contribuía para animar a conversa. Em pouquíssimo tempo havíamos lançado as bases comuns de nosso diálogo: nenhuma orquestra de Munique valia um tostão furado, nenhum regente era capaz de extrair desses putrefatos corpos musicais uma única nota passável, melhor seria fechar a faculdade de música e botar os professores para trabalhar, os críticos locais deveriam aprender alguma outra profissão o mais rápido possível e o público deveria ser proibido de ir a concertos. Com extrema polidez, fui aconselhado ainda a abandonar por algum tempo o trabalho, uma vez que nenhuma melhora da situação era esperada no futuro próximo. Também os colegas, que repassamos um a um, deveriam atentar para outras possibilidades de trabalho, no centro das quais foi pouco a pouco surgindo e se firmando a música nas escolas. Deveríamos todos virar professores de música, a fim de ensinar alunos mal-educados a ler partitura, jamais, porém, encorajando os jovens a exercitar profissionalmente seus dotes criativos. Os artistas precisam desaparecer!, exclamou, feliz, o regente para nosso minúsculo grupo, expressando de forma simples o que o mestre já formulara com palavras muito bem pensadas. A arte afastara o homem da sociedade; a partir do momento em que todo mundo passara a poder tornar-se artista, a profissão se fizera almejada e o Estado ou a sociedade haviam sucumbido àquele fato, criando mais e mais institutos e instituições a conduzir a massa de aspirantes a artistas, todos autodenominando-se artistas formados depois de oito semestres de estudos, mas desprovidos da mais vaga idéia do que fosse a arte. E era assim que músicos alemães tocavam peças da arte musical alemã diante de convidados estrangeiros, cientes todos de que nem os compositores nem os músicos sabiam o que vinha a ser música de fato, capaz de um discurso. O presidente do Togo, disse o regente, retorna a seu país africano com a firme convicção de ter ouvido arte alemã, mas, na verdade, ouviu burrice alemã, e, como raras vezes tem oportunidade de ouvir música alemã, vai espalhar pelo mundo todo que o que ouviu em Munique é a arte musical alemã, o que, em absoluto, não corresponde à verdade. Lembro-me de ter refletido por um bom tempo se, de fato, havia ainda um país chamado Togo, e se seu presidente teria assistido em Munique a um concerto da série "Música viva", o que me pareceu altamente improvável, mas achei melhor guardar para mim essa opinião. Togo! Que raio o presidente do Togo podia querer no "Música viva"? Se havia um país chamado

Togo e, portanto, um presidente do Togo, esse sujeito viera a Munique para se informar acerca de um eventual auxílio propício ao desenvolvimento de seu país, e não para assistir a um concerto da série "Música viva".

Notei que o vinho suave me subira à cabeça. Além disso, esfriara tanto que eu mal ouvia as palavras daqueles dois amantes da música. O teórico deixara sua portentosa cabeça, que lembrava Hegel, tombar para a frente e pronunciava suas órficas imprecações de um modo já quase ininteligível; o regente, mais falante, não conseguia mais apoiar direito seu copo na mesa, mas o fazia arrastando-o desde a borda do tampo até área mais segura, e tão devagar como se estivesse levando a cabo um importante experimento. Mal obtinha sucesso em posicionar o copo no local certo e a mão logo adiante, em compasso de espera, e já tornava a agarrá-lo, como se temesse vê-lo afastar-se rumo a uma distância inatingível.

Chamei o maître, que, de posto seguro, no vão da porta, mantinha os olhos firmes naquela singular reunião etílica, e pedi a conta; porém, em vez de somar com correção quatro cestos de pães e dez garrafas de vinho, o simpático senhor proveniente de Niš — conforme descobrimos depois da quinta garrafa — chutou um valor total que julgou apropriado, e que haveria de ser aceitável também para nós. Como, naquele estabelecimento, e para grande espanto do teórico, cheques não constituíam meio válido de pagamento, deixaram a meu cargo o acerto da soma total, e, afinal, não tendo seus dois acompanhantes vindo a Munique a serviço da música, mas apenas e tão-somente para trazer-me uma notícia ainda nem sequer insinuada em seus contornos gerais, paguei sem me queixar. Para minha grande surpresa, o maître voltou logo em seguida não apenas com meu troco — uma nota de dez marcos que trazia entre os dentes —, mas também com duas malas e diversas sacolas, algumas de couro, outras de plástico, bagagem esta que, havendo eu renunciado aos dez marcos em seu favor, ele ficou segurando até que, por fim, nos levantássemos e nos preparássemos para a despedida. O teórico não levava nada nas mãos; as sacolas foram penduradas em torno do regente; a mim, couberam as duas malas, com certeza forradas de livros originários da biblioteca do professor Peterkiewicz. Quando, cambaleantes, o regente e eu alcançamos a rua, o teórico já se acomodara no banco dianteiro de um táxi, cujas portas traseiras e porta-malas aguardavam abertos. O senhor precisa dar seu endereço exato e a direção a tomar, fez-se ouvir o teórico, porque o motorista do táxi ainda não estava muito familiarizado com a cidade, um fenômeno cada vez mais recorrente, conforme acrescentou ainda o crítico musical.

Assim, conduzi o paquistanês até Schwabing, em cuja Herzogstrasse eu habitava um apartamento de três cômodos. O taxista não apenas teve de desligar a música, mas precisou também fechar hermeticamente todas as janelas, porque tanto o teórico quanto o regente viviam em constante pavor de correntes de ar e haviam encontrado em Cracóvia táxis de fabricação alemã-oriental, construídos com exclusividade para amantes de ar fresco, ou seja, meios letais de locomoção. Incompreensível, disse o regente, incompreensível para uma cidade que supostamente ama a música. Por que o socialismo não era capaz de construir carros bem fechados, aquecidos e sem rádio, aquilo era para o teórico um enigma que ele agora oferecia à resolução do calado paquistanês, que, depois de ter respondido "Bismarck" à pergunta sobre o que lhe interessava mais na Alemanha, insistia no silêncio. Nem uma palavra.

Paguei o táxi também e arrastei as malas até o terceiro andar. O que viria a seguir? Talvez devêssemos dar prosseguimento à noite com uma pequena refeição, sugeriu o teórico, ao passo que o regente pediu para tomar um banho quente.

Fiz macarrão; o teórico mergulhara em sono profundo no sofá do meu escritório; o regente, cantando na banheira, lia um romance de Nabokov que ele próprio escolhera. Superestimado, murmurara consigo, já de cuecas: superestimado, mas sempre divertido.

Eu comia meu macarrão, lia Georg Simmel e, enfim, desfrutava de um bom vinho, minha última garrafa de Barolo, quando o regente, envolto na toalha de banho branca que eu roubara de um hotel em Veneza, veio até a cozinha na ponta dos pés e perguntou se eu não teria uma venda para o mestre, já que a persiana estava emperrada. Uma venda, eu não tinha. Um lenço que pousei sobre o trêmulo rosto hegeliano foi afastado de pronto. Por fim, colocamos o resmungante teórico numa coberta e o arrastamos até meu quarto, onde, deitado em minha cama, ele encontrou seu repouso noturno ao lado do companheiro, que, resfolegando por causa do peso do amigo, deixou-se cair na cama de imediato. Baixei as persianas, fechei a janela, dei boa-noite e fui para meu escritório, a fim de trabalhar pelo menos uma horinha no meu quarteto de cordas.

Mas já não consegui trabalhar. Localizei, então, um dos ensaios do teórico em meio a uma pilha de revistas culturais, buscando descobrir por que diabos aquele homem, em si simpático, detestava o fato de que, em nossa sociedade, ainda se compusesse e se ouvisse música. Depois de três páginas, porém, dirigi-me para meu sofá, agora livre de novo, alcancei esgotado o interruptor e entreguei-me ao sono.

Na manhã seguinte, uma sexta-feira, estava tudo calmo. Os dois pretendiam tomar um trem para Roma ao meio-dia, e eu queria fazer compras para, depois, poder dedicar-me por dois dias e meio seguidos, e sem ser incomodado, a minha composição. Minha idéia era estar de volta lá pelas onze, tomar um café com os dois, ouvir as notícias de Maria e, em seguida, enfiar os dois senhores num táxi — e respirar.

Bati a porta com tal força que era razoável supor que acordariam. A sra. Köhler, limpando as escadas como toda sexta-feira, lançou-me um olhar zangado, porque sabia que, quando voltasse, traria sujeira comigo para as escadas. Ouvi do ator maneta que morava no apartamento logo abaixo do meu, e também tinha ido às compras, que lhe haviam oferecido um papel numa história policial, na qual representaria um maneta; um papel sob medida, riu ele, ao que, lá de cima, a sra. Köhler perguntou quando deveria ligar a TV para vê-lo. Quando conseguia um papel na TV, ele sempre convidava o edifício inteiro para assistir à aparição, menos a sra. Köhler, que já se manifestara desfavoravelmente acerca de seu talento como ator. O marido da sra. Köhler estava desaparecido havia muitos anos, e o filho estava na cadeia por repetidos roubos de carro, de forma que ela dispunha de muito tempo para estudar programas de televisão e pronunciar veredictos que, tanto quanto eu podia dizer, revelavam-se em geral corretos. Sobretudo Harald Leipnitz, a quem o maneta tanto admirava, não estava entre os preferidos da sra. Köhler. Uma nulidade, era o comentário dela, ao passo que o baixinho Erik Ode conseguia boa pontuação.

Comprei os jornais do mão-trêmula do quiosque e fui para o supermercado, onde comprei frango, duas costeletas de carneiro, cenouras, feijão e batatas, além de café, leite e uma ou outra coisinha, até que minha carteira não exibia senão uma nota de vinte marcos, que troquei por um clássico da biblioteca Suhrkamp na livraria Lehmkuhl. O restante, levei ao café e sorveteria ao lado, de propriedade de uma família ruiva do Piemonte, onde Emilio serviu-me o melhor cappuccino de Munique. À mesa da entrada, meu amigo Hans Never meditava sobre um roteiro com o qual pretendia sacudir a linguagem cinematográfica dominante, o que decerto não conseguiria naquela sexta-feira, em razão das muitas moças que não paravam de entrar no café. Diante de mim, no canto mais escuro, o pintor Stamm rabiscava um bloco de notas com sua esferográfica, como se desejasse apagar alguma coisa. Além disso, estavam presentes uma turma de estudantes e belas mulheres, que floresciam bastante bem naquela região; olhando para elas, não era possível dizer se alguma vez tinham saído à procura de emprego ou mesmo se pretendiam ter um algum dia, criaturas curiosamente desprovidas de qualquer adorno, levando embaixo do braço livros esotéricos ou a última Brigitte — chegavam, viam e venciam, ou iam embora, substituídas de imediato por outras, um infindável reservatório. Também ali viam-se as botas de cano longo e os uniformes, mas havia ainda peças de roupa menos chamativas.

Eu lia os jornais, folheava o *Spuren* de Ernst Bloch, que acabara de comprar, mas não conseguia fazer nada. O ódio patético à arte que nutriam os dois músicos, ambos adoradores da arte e vivendo para ela, exaurira-me por completo. Estava sentado à mesa do café como que petrificado, meu cappuccino esfriara. Uma raiva que nem eu mesmo conhecia tomou conta de mim, uma raiva assassina, que eu só podia superar caminhando. Assim, paguei, acenei para o pintor e para Hans e, carregando pesadas sacolas de plástico, fiquei andando para cima e para baixo pela Leopoldstrasse até, enfim, dar onze horas.

Em casa, reinava o silêncio. As duas malas continuavam ainda no corredor, a porta do banheiro estava apenas encostada. Um leve cheiro de café denunciou que os dois, ou pelo menos um deles já saíra de meu quarto. Depositei as sacolas na cozinha e guardei com especial cuidado o que ia na geladeira. Diante das circunstâncias vigentes, desejava, ao menos eu, tomar algum cuidado. Sem mais o que fazer na cozinha, atravessei o corredor, pigarreando ruidosamente, rumo a meu escritório e apoiei os jornais e o Ernst Bloch no parapeito da janela. Contemplava os telhados, nem sequer conseguia me mover. Contei mais de vinte chaminés, uma delas emitindo uma fina fumaça em direção ao céu azul, exibindo poucas nuvens.

Então, o regente surgiu atrás de mim, ainda — ou de novo — envolto em minha toalha. Tinha um aspecto inchado, amarrotado, mal-humorado. O telefone os acordara, afirmou, tarde demais, infelizmente, para tomar o trem para Roma. Um homem da central do Instituto Goethe queria falar comigo, dr. Arnheim, sobre uma semana de música de câmara em Chicago: ele estava em Munique e passaria às quatro em minha casa. Será que eu teria algo contra a participação dos dois naquela conversa? Sim, porque fazia anos que tinham sugestões para a melhoria da programação musical do Instituto Goethe e gostariam de aproveitar a oportunidade. De resto, o mestre estava pronto para levantar-se, se eu pudesse conceder-lhe mais um vinhozinho para aplacar a sede da ressaca.

Portanto, ficamos sentados na cozinha até as quatro em ponto. O frango já fora deglutido e o vinho — sobre cuja origem, o supermercado, julguei melhor calar —, bebido. O regente penteara o mestre e o esfregara com toalhas quentes. Este, por sua vez, lia meu Bloch em voz alta, e comentava. Sempre e de novo, o assunto era a revolução, que ele desejava e abominava ao mesmo tempo. O fascismo batia à porta, mas não entrava. Em compensação, pela porta entrou o espaçoso dr. Arnheim, contente por encontrar em minha casa o célebre teórico da música, que, por sua vez, foi logo sugerindo, cerimonioso e gaguejante, a abertura de um Instituto Goethe em Veneza, sugestão essa que o dr. Arnheim, consciencioso, confiou a seu bloco de notas. Pouco antes das seis, a conversa teve de ser interrompida por algum tempo, uma vez que o regente e o teórico precisavam preencher seus volantes da Loto, cujas apostas encerravam-se às seis, um procedimento executado com precisão nada menos que científica, para não dizer cabalística. Como nem eles nem eu dispuséssemos de dinheiro no bolso, solicitou-se ao dr. Arnheim que auxiliasse com uma nota de cinqüenta marcos, que, caso ganho o prêmio, seria recompensada com cem por cento de juros, promessa que o mestre pôs efetivamente no papel e que o dr. Arnheim, com cuidado, dobrou e, como se se tratasse de um incunábulo, guardou na carteira, a qual, diga-se de passagem, continha espantosa provisão de outras notas também graúdas.

A mim, aquela estranha transação inspirou pesada melancolia. As enormes exigências que aqueles músicos impunham-se a si próprios não se ajustavam com o preenchimento pequeno-burguês de volantes da Loto, cujas combinações de números haviam sido extraídas de todas as fontes possíveis e imagináveis. Ademais, a palhaçada de servir-se do dr. Arnheim como financiador daquela operação ridícula contradizia a seriedade com que ambos haviam solicitado sua não-nomeação para a direção do Instituto Goethe a ser aberto em Veneza — "para tanto, o senhor decerto dispõe de gente qualificada" —, colocando-se à disposição tão-somente como conselheiros. Queriam ser conselheiros. Havia diretores demais no mundo da arte, e conselheiros de menos. Como já tivessem em vista um *palazzo* apropriado ao exercício de sua futura atividade de conselheiros, foi sugerida também — uma vez feitos, enfim, os jogos da Loto — a utilização do último piso daquele mesmo imóvel como sede do Instituto, uma vez que os impulsos intelectuais podiam se alimentar da proximidade do centro operacional. Além disso, o referido piso encontrava-se decorado com antigos móveis venezianos, prestando-se, portanto, também a abrigar recepções em circunstâncias especiais. O senhor não imagina, disse o teórico a quem de fato conhecia o assunto, o dr. Arnheim, quanto tem sofrido o prestígio da República Federal da Alemanha em razão do degradante mobiliário de seus institutos no exterior. Togo veio-me logo à mente, mas agora eram as repugnantes cadeiras da sede da embaixada em Varsóvia que estavam sendo mais ou menos responsabilizadas pelo momento ruim que a reconciliação entre Polônia e Alemanha atravessava. Crítico e regente haviam sido obrigados a ouvir o diretor cultural de lá em uma postura curvada, dobrados, se é que se podia falar em postura com cadeiras daquela espécie. Teríamos deitado no chão em protesto, meu caro dr. Arnheim, não ostentasse o tapete aquela cor horrorosa de urina choca, afirmou o regente, e com tal expressão de desconsolo no rosto que o dr. Arnheim de fato acrescentou um triplo ponto de exclamação à anotação em seu bloco: *Verificar cor da sala do diretor cultural na sede polonesa!!!* Vou mandar verificar, informou-nos. Providenciaremos tudo, e logo lhe darei notícias. Viajarei pessoalmente a Veneza para tratar do imóvel em questão.

Mais tarde, à custa do Instituto Goethe, fomos jantar na *osteria* da Schellingstrasse, o restaurante preferido de Hitler, segundo se dizia e sabia o regente. Tantas sugestões e estímulos como os que recebi dos senhores hoje não costumo receber num ano inteiro, declarou o dr. Arnheim para justificar a conta altíssima, embora, em minha opinião, ele não tivesse recebido nem sugestões úteis nem estímulos aproveitáveis. Sobre música, claro, não se falou. Ela só figurou na conversa como item do orçamento para Veneza, do qual os dois conselheiros logo disporiam, assim que o diretor do Instituto e o ministro das Relações Exteriores aprovassem a nova sede, do que, após o quinto litro de vinho, o próprio dr. Arnheim já não tinha a menor dúvida. Àquela comédia veio se somar ainda um derradeiro ato grotesco, mais precisamente quando o já bastante bêbado dr. Arnheim levantou-se de súbito e cambaleou até a porta, pela qual entrava o não menos bêbado governador da Baviera, reluzindo álcool na companhia de alguns de seus vassalos, todos exibindo cara de vigarista e queixo duplo. E, de fato, conduzido pelo assaz gesticulante dr. Arnheim, o cambaleante chefe da CSU aproximou-se de nossa mesa, na qual o regente e o teórico lhe foram apresentados como futuros conselheiros especializados do Instituto Goethe de Veneza, em processo de abertura, e eu, como professor de composição e íntimo colaborador do Instituto. Maravilha, disse o dr. Tandler; meus cumprimentos, falou o dr. Riedl. Só não esqueçam a contribuição especial da Baviera à cultura da República Federal da Alemanha, recomendou o dr. Strauss. Então, erguemos nossos copos e os esvaziamos, todos em postura semi-ereta, bastante curvados. As autoridades depositaram seus copos sobre nossa mesa e se voltaram de imediato para a sua própria, à qual em paz, mas em altos brados, precisaram dedicar-se a seus escândalos de corrupção.*

Acho que já está tudo acertado, murmurou o dr. Arnheim mais tarde, quando, com o auxílio do proprietário do restaurante, eu afinal encontrara um taxista, o qual teve não apenas de transportar o funcionário público caindo de bêbado, como também precisou arrastá-lo para dentro de casa, isso em troca de muito dinheiro, que havíamos extraído da carteira do próprio dr. Arnheim. Strauss vai nos apoiar, foram as últimas palavras que ouvi dele, para sempre.

---

* Sobrenomes bastante conhecidos de proeminentes políticos da democracia cristã alemã (CDU/CSU), que, em tempos recentes, esteve longos anos no poder sob o comando de Helmut Kohl. (N. T.)

16.

Os músicos permaneceram em minha casa até a terça-feira seguinte. Eu pusera o despertador para as seis horas da manhã, invadira meu quarto falando alto, abrira as janelas e preparava-me para, antes mesmo que os dois se levantassem, arrancar-lhes as cobertas, a fim de impedir qualquer recuo. E, de fato, pouco antes das onze, o teórico já se encontrava esfregado, aquecido, penteado e provido de café, de modo que pude dar início ao transporte da bagagem, no que ambos, muito a contragosto e mal-humorados, me acompanharam. O regente pedira para levar minha edição dos *Diários* de Kafka para ler durante a viagem; no bolso da jaqueta do teórico, reluzia meu recém-adquirido *Spuren* — trariam os livros de volta pessoalmente, na próxima visita. Eu deveria resgatar os quatro marcos e trinta ganhos na Loto e apostá-los de novo, dessa vez nos números que compunham suas datas de nascimento, que evidentemente pressupunham ser do meu conhecimento. Quando os dois afinal se foram, comprei dois pãezinhos, os jornais e voltei para casa, que agora me parecia estranha e desolada, como se eu nunca tivesse morado e trabalhado ali.

Pela janela aberta do vagão, o teórico puxou minha cabeça para junto dele e sussurrou-me ao ouvido: Antes de partir, gostaria enfim de lhe dar o recado que a senhora Maria me pediu encarecidamente que lhe transmitisse — ela está grávida.

17.

Terrivelmente atormentado, concluí outrora minha segunda peça para quarteto de cordas, apresentada pela primeira vez na rádio de Colônia, com textos de Anna Akhmátova. Maria fora convidada a recitar o texto, embora, na verdade, sua presença não estivesse prevista. Somente depois que me dispus a cobrir os custos com viagem e cachê, permitiram o envio de um telegrama a ela e o anúncio de um contrato. Mas Maria recusou. Estava grávida e não desejava, a bem da criança em gestação e do público de Colônia, que sua barriga desviasse a atenção da música.

A primeira audição de minha peça foi tudo, menos agradável. Poucos foram os ensaios, os músicos irritaram-se com o fato de a locução provir de uma fita que eu próprio gravara. Nada houve de marcante; tudo transcorreu, escorreu e desaguou num aplauso cansado do público convidado, que esperava algo diferente. Mesmo na, àquela época, habitual discussão radiofônica posterior, não consegui virar o jogo. O radialista, um sujeito em si bem-intencionado, que me convidara para não ter de apresentar apenas a visão da escola de Colônia e seus modelos americanos, reconheceu sem rodeios que achara minha peça antiquada, quando não reacionária, e o terceiro participante, um crítico musical da cidade, preferiu discutir o tema "música e sociedade", e, aliás, sem a minha participação. Esperava-se muito da própria sociedade que, no mais, se desprezava do fundo do coração. Lembro-me ainda de como, recostado em minha cadeira, desapareci em meio a uma névoa escura, apenas muito de vez em quando invadida por expressões como "fascismo musical" ou "retórica musical insípida", desamparado e desprotegido, tudo o mais foi "sociedade". Como minha peça já não estivesse em discussão, e ninguém jamais tivesse ouvido falar em Anna Akhmátova — que dirá lido seus poemas —, não fiz nenhum esforço para retornar à triste realidade da rádio, o que, dois dias depois, foi interpretado num artigo de jornal, de autoria do próprio crítico que estava sentado a meu lado, como arrogância pequeno-burguesa ante os grandes temas da atualidade. Terminada, enfim, a tortura, voltando as pessoas a se expressarem normalmente e, para concluir, dirigindo-se todos a um restaurante nas proximidades, desapareci no toalete, do qual tornei a sair apenas depois da certeza de que ninguém mais me aguardava. Provavelmente, uma tola medida de segurança, porque, de qualquer forma, ninguém estaria disposto a tomar uma cerveja com o perdedor da noite. O faro para perdedores era bastante aguçado, sobretudo nas comunidades locais; farejava-se, de fato, quem quer que não pertencesse a elas, e a panelinha musical de Colônia, em especial, desenvolvera toda uma linguagem, verbal e gestual, capaz de marcar automaticamente como perdedor qualquer um que não a dominasse. Antes de mais nada, eu pertencia, portanto, a um grupo respeitável, que teria podido se autodenominar a não-escola de Colônia, mas esse grupo, por sua vez, desfazia-se em grupinhos isolados, o derradeiro e mais baixo dos quais reunia aqueles que se faziam convidar por muito dinheiro para ir a Colônia, e para ali fracassar, porque não sabiam como encontrar um denominador comum entre música pura e sociedade impura. Eu não sabia: isso estava claro agora. Restava-me como alternativa única tentar algo à margem da escola de Colônia, o que era bastante difícil, ou então deixar-me convidar para ser de novo humilhado ali, o que o radialista faria de bom grado. Ele era obrigado por lei a executar em seu programa radiofônico uma certa porcentagem de não-locais, e, tendo avaliado com precisão a mim e à minha prontidão para o sofrimento, vivia me convidando para ir a Colônia e conseguindo-me contratos para a composição de novas peças, porque estava convencido, talvez inconscientemente, de que meus constantes fracassos naquela cidade comprovavam a superioridade da escola local.

De todo modo, minhas peças curtas para piano, percussão e contralto, baseadas em poemas de Ossip Mandelstam — as quais a escola de Colônia desqualificou como absurdos sentimentalóides —, alcançaram um duradouro e repetido sucesso na cidade, ao passo que hoje, depois do fim da referida escola, jamais são executadas ali, embora, a se acreditar nos críticos, possam ser consideradas das mais influentes peças musicais do renascimento moderno do *lied*.

Eu caminhava em profunda escuridão à margem do Reno, cujas águas, cantando baixinho, não me deixavam. Àquela hora, antes da meia-noite, não tinha certeza se deveria continuar a compor. Claro que, no futuro, continuaria recebendo contratos, bolsas e prêmios, porque meu nome já fora bastante citado para, de repente, ser esquecido por completo. E por que não assumia uma cátedra, algo que até então sempre recusara, a fim de poder, primeiro, escrever as peças centrais da obra que planejara? Não tinha preocupações com minha sobrevivência, e tampouco temia por meu *status* social. Podia viver muito bem somente dos cursos de verão em Iowa, que dava fazia anos.

Naturalmente, Maria caminhava a meu lado ao longo do Reno. De resto, nos longos períodos de separação, ela me era mais próxima do que nos poucos dias do ano que passávamos juntos. Naquela noite, eu a sentia com particular nitidez. Quando eu parava, ela seguia três passos adiante e me esperava de braços abertos. Quando perguntava na escuridão se era o pai de seu filho, ela ria alto, alto o bastante para que eu me voltasse para verificar se estávamos sendo observados. Quando um medo sufocante me assaltava e eu me via a ponto de mergulhar no rio, ela me puxava pela manga da camisa, advertindo-me. Devia ir a Budapeste e, na presença da família, pedir sua mão, como era próprio nos círculos judaico-burgueses dos quais ela provinha? Mas, e se precisamente esses círculos se negassem a conceder-me o que eu pedia? Maria fora destinada a uma grande carreira musical, não a um compositor alemão de talento mediano, empilhando seus marcos sobre a mesa, a fim de obter permissão para levá-la do país. E se nem fosse eu o pai da criança? E se ela estivesse querendo apenas um casamento de conveniência, com o intuito de dar alguma segurança ao filho ou filha? E, depois, me abandonasse para fazer carreira em Nova York, ao passo que eu ficaria num apartamento de dois cômodos, ensinando à criança violino, fundamentos de matemática e ainda, talvez, latim e física? Vez por outra, então, ela mandaria de Chicago um conjuntinho de calça e blusa e, no verão, uma passagem, para que a criança pudesse escapar ao menos uma vez por ano da estreiteza de Munique. Em compensação, eu poderia mostrar a capital da Baviera aos avós e ouvir com eles óperas de Strauss? E se eu nem a amasse de fato, mas tivesse tido apenas um caso naquelas cidades melancólicas do Pacto de Varsóvia, por ocasião dos terríveis festivais de música, tão sedentos de amor? E se ela própria não me amasse, mas só tivesse namorado comigo em Budapeste e Varsóvia porque julgara muito atraente a ingenuidade de minhas expectativas em relação àqueles festivais?

Eu me sentara num frio bloco de metal à beira do rio, projetado, na realidade, para cargas mais robustas, e dispunha-me a olhar fundo nos olhos de minha própria infelicidade, mas estava muito escuro para que se pudesse ver qualquer coisa na água. Negro Reno. Talvez, naquele exato momento, Maria estivesse sentada à beira do Danúbio, entretendo pensamentos semelhantes. Então, alguma coisa tinha de acontecer, não importava o quê.

Voltei pelo mesmo caminho pelo qual chegara ali. Como a névoa estivesse mais espessa, tropecei em poças e cheguei mesmo a cair duas vezes, fazendo de meu agasalho leve e claro, que comprara especialmente para aquele fiasco em Colônia, um companheiro de sofrimento à altura. De todo modo, as pessoas no bar que ainda encontrei aberto na cidade velha não viram em mim o jovem e ambicioso compositor, mas apenas um dos seus, cumprimentando-me com simpatia. Da penumbra mais ao fundo, uma figura destacou-se e veio em minha direção com a mão estendida, um sujeito alto, com longos cabelos cor de mel e olhos apertados. Ele tomou minha hesitante mão estendida, puxou-me para sua mesa, pediu cerveja e aguardente e me envolveu de imediato numa conversa sobre música, de modo que me custou algum esforço descobrir quem ele era, afinal. Era de Munique e afirmou me conhecer de lá, de demonstrações e discussões; hoje, ouvira meu concerto e, depois, tinha ido com os outros para o bar e, mais tarde, para a cidade velha. Com naturalidade e alegria, relatou-me cada ofensa de que eu e minha música havíamos sido alvo durante a conversa. Ninguém saíra em minha defesa, nem mesmo os músicos, que, afinal, deviam a mim ao menos o fato de poderem tocar numa *première*, e tinham fracassado miseravelmente. Com essa sua música, disse-me Grützmacher — assim se chamava meu interlocutor —, você não vai mesmo conseguir muita coisa; não é elitista nem popular, não tem os amigos certos e nem mesmo os inimigos certos, não é tão de esquerda quanto precisaria ser, mas tampouco decididamente aristocrático; sua postura é mais de preservação obstinada do que de afirmação militante, você não deseja se isolar de fato, mas também não quer se integrar, e assim por diante. Mas o pior é que sua música não é capaz de fazer as pessoas brigarem por causa dela! E isso significa que não podem se reconciliar com você, depois de lhe causar sofrimento. O problema é que quem renuncia à reconciliação depois da ofensa desconhece a lei que regula o desenvolvimento das relações humanas. Você entende? O que você faz não dá em nada, sintetizou ele, amigável. Ele próprio desistira da música contemporânea e se enturmara com músicos de rock, sujeitos incríveis, nas palavras dele; tinha seu próprio estúdio em Munique e produzia para a SDR de Stuttgart a música dos seriados em que às vezes atuava o ator maneta do meu prédio, aqueles que a solitária sra. Köhler tanto adorava. Logo eu tinha nas mãos o seu cartão; o estúdio ficava em Grünwald e sua casa, no andar de cima. Você precisa vir me visitar, disse Grützmacher, e aí eu lhe mostro como se faz. Comigo, você pode ganhar grana sem se queimar. Bebemos ainda uma cerveja, e Grützmacher passou as duas mãos pelos cabelos, antes de puxar uma nota de cem marcos do bolso de cima de sua jaqueta, sem nem esperar pelo troco.

    A caminho do hotel, tentei explicar à distante e intransigente Maria como traíra minha arte, mas ela, que não queria cantar meus *lieder*, nem sequer me deu ouvidos.

    À visão de meu casaco emporcalhado, o porteiro da noite perguntou meu nome, antes de me entregar a chave. Boa noite, disse eu já do elevador, mas esperei em vão por uma resposta. Naquela noite, ninguém me respondia coisa alguma.

18.

    Assalta-me hoje, vez por outra, um verdadeiro furor de memórias daqueles anos, e nada pode aplacá-lo. Tento evocar rostos, nomes, quartos de hotel, conversas. Um tumor de lembranças cresce em minha mente, desejando ainda uma vez tocar tudo e todos, antes de apagá-los para sempre. As lembranças, contudo, não ganham nitidez, mas mantêm-se sempre indefinidas, distanciadas. Sarajevo. Pierre Faye tocando Charles Ives. Foi na biblioteca nacional, numa sala toda em madeira ou na câmara municipal? Um poeta faz a apresentação. Ante ou Anton, um velho bastante bêbado movendo portentosos bastidores retóricos, balançando os braços e contando dos *partisans*, de suas lutas heróicas, que haviam lançado as bases para que pudéssemos agora, sentados ali em paz, ouvir a música dos primórdios da vanguarda. De repente, começou a cantar! Em voz alta, cantava-nos uma canção dos *partisans*, de súbito tornando à própria juventude, revisitando uma vida passada, uma época remota, o inimigo diante de seus olhos fechados a atacá-lo e acossá-lo, de tal maneira que o velho, tremendo dos pés à cabeça, só com esforço extremo conseguiu cantar até o fim as muitas estrofes de sua canção. A seguir, com lágrimas nos olhos, curvou-se diante dos músicos, que, tesos e embaraçados, abraçavam seus instrumentos; então, conduziram-no para fora como a um estranho animal que terminara seu número no circo. E, ao me lembrar disso, do tremelicante *partisan* sendo, por assim dizer, arrastado para fora em seu terno demasiado grande e largo, lembro-me também de ter ficado paralisado e imóvel em minha cadeira, com o coração batendo forte, um homem revoltado a quem a impropriedade de tudo aquilo roubara a fala. Gaguejante, apenas, consegui convencer Maria de que estava na hora de deixarmos a sala. Mas ela ficou. Provavelmente em nome da arte.

Fui embora. Procuro me lembrar de como deixei o recinto, pois ainda me recordo muito bem da certa turbulência que aquela minha atitude de levantar-me e sair provocou, porque muitos não sabiam se eu estava deixando o concerto por causa da embriaguez de Ante ou Anton ou por causa de Maria, que, estando eu já diante da pesada porta, ergueu-se um pouco, gritou-me algo, irritada, e tornou a se sentar. O bloco de notas! Onde está o bloco em couro vermelho artificial, presente de Maria, no qual eu, à época, costumava anotar tudo o que não podia se perder? Nesse bloco, eu anotara telefone e endereço de Ante ou Anton, no alto de uma página da esquerda. Sim, pois mal deixara a sala de concertos ou o salão da biblioteca nacional em que o evento tivera lugar, surgiu à minha frente a estranha figura cambaleante do cantor, que, com curtos gestos esvoaçantes dos braços, mergulhara numa conversa consigo próprio. Lembro que, tendo me apresentado a ele, entráramos de imediato numa barraca de *kebab* e, entre espetinhos e aguardente, comunicamo-nos em diversas línguas, isto é, ele me contou sua vida palavra por palavra, cada uma delas uma lápide da qual, pouco a pouco, as letras se desprendiam, resultando num novo texto, somente acessível ainda mediante uma conscienciosa varredura da memória: Moscou, prêmio Lênin, Cuba, Criméia, Tito, RDA — a intervalos irregulares, a memória já extenuada e, ademais, minada pelo álcool, colocava palavras em sua boca que lhe saíam como de um gago. Lembro que uma pálida lua cheia pairava sobre as montanhas de Sarajevo, companheira cética à qual coube a ingrata tarefa de nos indicar o caminho até a casa do poeta, localizada no terceiro andar de um dos prédios de apartamentos na periferia da cidade. Lembro-me de ter tocado a campainha, porque julguei embaraçoso requerer do poeta as chaves, e lembro-me de que uma jovem abriu-nos a porta, sua filha, conforme descobri mais tarde, cujo nome eu também anotara em meu bloco vermelho. Mas não me recordo do sobrenome. Onde foi parar aquele maldito bloco de couro vermelho artificial?

Sentamos o poeta em sua poltrona e nos acomodamos à mesa, onde também a filha me contou, com apaixonada obsessão, a história de seu pai, dessa vez em francês, depois de eu já a ter ouvido dele próprio em italiano. Mais tarde, fomos para a cozinha, mas ela se levantava a todo momento e corria até a sala para apanhar livros com dedicatórias, cartas e outros objetos culturais, que logo formavam um muro entre ela e mim. Meu pai quer morrer, disse-me ela por sobre aquela pequena muralha de fama e de veneração: e já está a caminho. Vai escrever mais um ou dois poemas e, então, me deixar. Mal consegue ainda se mover sob o peso das recordações, e, depois da morte de minha mãe, tornei-me para ele uma memória substituta. Invento sua vida para ele. Invento sua glória. É minha responsabilidade fazer com que ele tenha um fim triunfal. Afinal, é só um poeta. Nunca fez outra coisa. Um poeta comunista que os alemães não pegaram. Uma vida instável. Um vagabundo com uma enorme falta de sorte. Mais dois poemas, e ele vai poder se deitar em seu túmulo de honra, com os últimos *partisans* a cantar para ele suas canções preferidas. A edição completa de seus poemas já está pronta, porque, se não for publicada assim que ele morrer, vão esquecê-lo. Esse é o nosso destino.

Lembro-me de estar sentado à mesa da cozinha, defronte dela. Em algum momento, ouvimos os passos arrastados do poeta pelo corredor, indo até o banheiro; depois, silêncio de novo, interrompido apenas pela voz lânguida da filha.

Vou ligar para a senhorita, disse a ela pela manhã, anotando seu nome e o de Ante ou Anton em meu bloco de couro vermelho artifical. Na rua, lá embaixo, acabo de me lembrar, observara o sol rastejando lento de sacada em sacada, chegando agora à deles. Ela acenou como que de um outro mundo, e eu não estava certo de que o fizera para mim. Mais tarde, anotei a triste mensagem daquele aceno, porque queria tomá-la como ponto de partida para uma peça para piano e violoncelo. Dedicada a Ante ou Anton. Mas como diabos se chamava a filha?

E onde estava o bloco de notas de couro vermelho artificial?

19.

Depois de nosso memorável encontro em Colônia, continuei, portanto, escrevendo música para os seriados de Grützmacher, claro que sob pseudônimo, e espantei-me com a multiplicação do dinheiro. Nada me era mais fácil do que encontrar a melodia certa para a dama de nossa melhor sociedade morta pelas drogas, ou para a esposa de industrial assassinada por acaso; e, como esses seriados com minha música não apenas eram sempre reprisados na Alemanha, Áustria e Suíça — a fim de que todos os que os houvessem perdido pudessem assistir a eles mais tarde, em outro contexto —, como também encontraram amigos e admiradores em todos os demais países europeus e em grande parte do mundo, minha máquina registradora tilintava por vezes tão alto que eu mal conseguia ter paz para dedicar-me a minha obra de fato. Grützmacher era um gênio comercial e, no entanto, permaneceu o amigo que levava um quarto para si e depositava pontualmente os três quartos restantes. Pela primeira vez em minha vida, conselheiros fiscais e analistas de investimentos interessaram-se pela receita de meu trabalho, e até mesmo o Ministério das Finanças lançou-me um olhar crítico. Não me cabia ser melindroso quando Grützmacher propôs vender-me parte da firma, pela qual, no futuro, eu passaria a assinar como vice-presidente em exercício. Quatro vezes por ano, discutíamos os balanços com especialistas em impostos e decidíamos a repartição dos dividendos; aprendi a estimar o valor da amortização das novas mesas de mixagem, dirigia um carro da firma e logo me mudei para uma casa maior, evidentemente de minha propriedade. Apenas rabiscando no papel, semana após semana, as poucas e pobres musiquinhas produzidas por Grützmacher para os seriados policiais e infantis, conheci o capitalismo em sua melhor face. Até mesmo quando ia a um restaurante com um de meus poucos amigos, a firma pagava a conta, e também o vinho que eu bebia toda noite, para entrar na atmosfera de minha história de assassinato, era contabilizado como despesa da empresa. Como Grützmacher não era dotado de quase nenhuma imaginação, mas manejava seus equipamentos com extraordinária perícia, a divisão do trabalho estabeleceu-se de imediato: eu compunha, ele produzia, comercializava e entregava. Para meu horror absoluto, chegamos mesmo a conquistar prêmios nacionais e internacionais por aquele lixo musical, os quais, no entanto, eram sempre recebidos por Grützmacher, que para tanto adquirira uma série de smokings, decerto à custa da firma. Meus temas para certos talk-shows populares ficaram tão famosos que eram assobiados na rua, ainda que com incorreção. Quanto mais música havia, menos as pessoas sabiam como lidar com ela. E eu sempre sentia uma pontada no coração quando ouvia minhas próprias obras no supermercado, num arranjo de cordas que acabava até mesmo com o débil vestigiozinho de qualidade que o original possuía. Como eu próprio não tinha televisão, era poupado de minha música no aconchego do lar, e, como não sentia vontade alguma de sair de casa, só era atormentado quando ela me acometia em locais públicos.

De Maria, tinha poucas notícias. Dera à luz uma filha, informou-me um cartão. Um dia, você vai conhecê-la, ela escrevera na borda em letra espremida, e vai gostar dela. Quem era o pai, jamais foi mencionado na parca correspondência trocada após o nascimento da sempre louvadíssima criança, embora eu não deixasse passar uma única oportunidade de perguntar. Maria tinha se casado e já se separara outra vez, porque outro homem aparecera em sua vida, um diretor cujo nome me era familiar, ainda que eu jamais tivesse visto nada dele. E, depois de se casar com este último e dele se separar também, ela me escreveu, dizendo esperar que lhe restasse ao menos a mim. O primeiro marido fora um pianista húngaro; o segundo, um diretor de ópera francês; e agora parecia evidente que um compositor alemão de breguices televisivas haveria de salvar-lhe a vida. Vez por outra, ela também se apresentava na Alemanha, recebendo críticas celestiais, mas passava longe de Munique. Da criança, eu tinha uma foto não muito nítida; de Maria, a lembrança. De vez em quando, eu ficava olhando os olhos grandes e desfocados da menina, que mais parecia uma boneca, tentando constatar alguma semelhança comigo, mas sem nenhum resultado palpável. Metade do mundo branco poderia ser o pai daquela criança.

Àquela época, tive alguns poucos relacionamentos com outras mulheres, em geral instrumentistas ou cantoras que encontrava no estúdio de Grützmacher, as quais, por certo, esperavam que eu lhes propiciasse um salto na carreira. Raras vezes, porém, elas permaneciam até depois do jantar, porque achavam insuportável minha música, que eu, então, tinha o costume de tocar ao piano. Vez ou outra, voltavam depois da discoteca, se ainda viam luz acesa em casa; deitavam-se em minha cama e já haviam adormecido quando, de manhãzinha, eu me acomodava a seu lado. Embaraçoso era que jamais conseguia guardar seus nomes. Iam e vinham em minha vida perdida, algumas ao menos sabiam cozinhar; a maioria, só beber. Quando se despediam, de manhã, e eu via seus rostos sobre mim — já maquiados, os cabelos penteados e, nos olhos, aquela expressão maternal de reprovação por uma existência tão malograda —, vinha-me um ódio tão irreprimível que eu só conseguia evitar-lhe a erupção virando de bruços bem rápido. E, no entanto, se, na noite seguinte, uma Sylvie ou Tanja telefonava, perguntando o que eu andava fazendo nesse mundo tão grande e colorido, eu a convidava para dar uma passadinha em casa, porque já estava mesmo preparando uma comidinha. Assim, tinha companhia para o jantar e podia enfronhar-me nos mais variados rostos.

Apenas um deles era diferente, uma russa com um rosto gracioso em forma de pêra, prestes a arruinar sua voz de contralto no estúdio de Grützmacher. Ela permanecia sentada mesmo durante minhas sessões de piano, lia-me, depois, no original russo, Akhmátova e Mandelstam, e retirava-se para um dos quartos do fundo quando eu me debruçava sobre minhas composições para a TV. Sempre que eu a encontrava no longo corredor com as estantes de livros, aonde eu ia para me movimentar um pouco e de onde eu esperava obter alguma inspiração, ela me perguntava se eu estava triste, e o fazia com voz tão tristonha que eu de pronto começava a rir. E você?, eu sempre perguntava de volta: você está triste? Então, ela balançava a cabeça de cabelos crespos, cada dia tingidos de uma cor, e cantava uma cançãozinha pálida, cheia de sol, fazendo com que tudo naquele momento parecesse estar bem de novo.

Certa vez, pediu-me dez mil marcos, porque havia a possibilidade de trazer seu tio octogenário de Kiev para o Ocidente. Precisávamos viajar até Passau, onde ocorreria a entrega. Na viagem, com os pés para cima envoltos pelos braços, ela me contou sua vida e a de sua família, uma história triste, cheia de ramificações, sempre interrompida e retomada sem jamais chegar ao fim.

Na cidade, eu deveria esperá-la no carro, enquanto ela, com um papel na mão, se punha a caminho a passos pesados. Vi seus cabelos ruivos, como um sinal de inocente confiabilidade, desaparecerem na multidão e senti uma solidão que jamais havia sentido em minha vida, uma solidão que era um misto de pesar e vergonha. Antes que pudesse me dar conta do que acontecera, bateram com suavidade no vidro da minha porta, e, quando me voltei para o lado, quase morto do susto, lá estava ela com um senhor idoso e intimidado, carregando nas mãos uma mala surrada e uma pasta. Entre longas mesuras, fomos apresentados, e os dois se acomodaram no banco traseiro, onde permaneceram calados e quase imóveis até Munique. Uma única vez senti a mão dela em minha nuca, mas, quando desejei segurá-la, já tinha desaparecido na escuridão do banco traseiro.

O dinheiro me foi pago em dez prestações, e eu nunca mais vi a moça. Tampouco Grützmacher fazia qualquer idéia de seu paradeiro. Ficou-me apenas aquela sua pergunta. Às vezes, quando passo pelas estantes de livros no corredor, pergunto a mim mesmo: você está triste? E sigo cantando uma canção a caminho da cozinha.

Entre minhas conhecidas, eu tinha também uma verdadeira adoradora. Ela se julgava pintora e metera na cabeça que, se minha música continha texto, ela iria ilustrá-la. Viajava para assistir a meus concertos, pedia autógrafos e falava com tamanho fervor e simpatia sobre o que minha música significava para ela que, passado algum tempo, eu não tinha como não convidá-la para os jantares que se seguiam às apresentações. Por esse motivo, vários colegas já achavam que se tratava de minha mulher, perguntando-me, quando ela se atrasava, onde estava minha esposa. Chamava-se Sonja, era alta, forte e exibia um portentoso topete loiro que me apavorou, porque lembrava minha mãe. Ainda por cima, tinha enfiado na cabeça que queria pintar um retrato meu, e, em algum momento, consenti em posar para ela por um dia. Ela chegou de Karlsruhe com duas malas, adentrou minha casa como um general vitorioso e, num piscar de olhos, conferiu à atmosfera já um tanto murcha de meu apartamento uma alegria artificial, enfeitando uma coisinha aqui, arrumando outra ali, distribuindo estrategicamente as flores que trouxera consigo, colocando garrafas normais de vinho nas estantes de livros e comportando-se, de forma geral, como se pretendesse passar o resto da vida em minha casa. Feitos os preparativos visando a iniciar o trabalho no retrato, precisei colocar fitas com minhas composições, de que ela necessitava para inspirar-se. Por fim, obrigou-me a provar outras roupas em sua presença, camisas diversas e as seis calças que eu acumulara ao longo do tempo, expondo-me a seu olhar examinador enquanto me trocava diante do espelho do guarda-roupa. Agora, opa, ela acompanhava minhas tentativas de enfiar-me nas calças de maneira a nada exibir que eu não quisesse, fosse diretamente a seus olhos ou pelo reflexo no espelho. Quando, porém, diante de meus cômicos malabarismos, ela comentou: amanhã precisamos sair para comprar umas cuecas novas — então minha já enfraquecida capacidade de resistência caiu quase a zero. Mas, quanto mais eu me recusava a lhe dar ouvidos, maior se fazia sua preocupação, de tal maneira que a mudez que logo assumi conferiu a sua tagarelice uma inesperada eloqüência. Com atitudes desatinadas e, sob tais circunstâncias, eficazes, ela acabou por dobrar-me à sua vontade. Não se incomodava, por exemplo, em tocar meu corpo com a mão e, aliás, em pousar a palma da mão em minha barriga, a fim de recomendar-me a técnica respiratória correta para quem passaria tanto tempo sentado, a técnica respiratória adequada, conforme suas palavras, porque, afinal, não queremos que o senhor, de repente, caia da cadeira. E, ao longo dessa afirmação na primeira pessoa do plural, sua mão deteve-se de propósito, e por tanto tempo, entre meu plexo solar e a região genital que eu estava, de fato, a ponto de perder os sentidos. Contudo, sua principal arma só foi empregada quando eu já me encontrava sentado imóvel feito um morto, e ela, de posse do bloco de desenho em seu banquinho, ostentava tranqüilidade enganosa. De súbito, levantou-se furiosa e xingando, agitada, porque não suportava meu rosto. Este não é o senhor!, exclamou com os punhos cerrados. Estou vendo um trapo decadente, um capacho miserável, e não um artista, um músico, algo de flutuante, de profundo, de metafísico! E queira, por favor, olhar para mim, pediu em tom ameaçador quando, embaraçado, pretendi cravar os olhos em meus sapatos. Foi nesse momento que aconteceu o que, com a alma aflita, eu já estava prevendo fazia horas: ela começou a tirar pente por pente da portentosa massa de cabelos e a segurá-los com os dentes arreganhados; depois, com os braços em cruz, agarrou a gola de seu pulôver e arrancou-o por cima dos pentes, de modo que, olhando atônito como que para uma doença, de repente vi minha mãe diante de mim, como eu jamais a havia visto e, claro, jamais me fora permitido vê-la — como um nu. Só Deus sabe como ela conseguira tirar com a rapidez de um raio todas as peças de roupa que em geral protegem uma mulher; de todo modo, estava de súbito sentada à minha frente de um jeito tal que, na realidade, deveria ser eu a tomar do carvão e do bloco de desenho. Mas isso, é evidente, estava fora de cogitação. Ao contrário. Paralisado e indisposto, vestindo meu melhor terno, permaneci sentado em minha cadeira, enquanto a mulher de Karlsruhe — casada, segundo suas palavras, com um pequeno industrial, monopolista do setor de máquinas — rabiscava traços veementes no bloco de desenho pousado sobre suas coxas abertas, dizendo a todo momento: estamos quase lá, vamos terminar num instante. Eu não podia me mover, não podia acender a luz. Os objetos à minha volta acordaram por um breve momento e tornaram a adormecer, as horas mergulhavam cada vez mais fundo em sombras e elucubrações. A certa altura, então, a folha de desenho se esgotara, a sessão chegara ao fim. Por hoje, não dá para ir além disso, suspirou ela, e, aliás, do modo como minha mãe teria suspirado. Como, ante aquela situação inusitada, eu não fosse capaz de me levantar, deixei-me levar pela mulher loira da cadeira ao banheiro, onde ela me lavou um pouco, depois me despiu e mais ou menos me carregou para a cama. Todo o restante fez-se propriedade da noite.

Passada uma semana, o retrato estava pronto. O homem que ele exibia parecia-se com uma tartaruga esticando medrosa a cabeça para fora de uma poderosa carapaça. Quem observasse com atenção podia reconhecer no fundo escuro uma mulher nua com pesados seios, erguendo as mãos numa súplica. A musa, disse a mulher de Karlsruhe. Estava bastante satisfeita. Meu melhor quadro. Infelizmente, não estava à venda; do contrário, eu teria podido deixá-lo apodrecer no sótão. Graças a Deus, olhando para o quadro, não se podia depreender como ele surgira; sobretudo, permaneceu um segredo entre a pintora e mim o fato de que, com propósitos mágicos, ela misturara determinadas secreções à cor. Quando, anos mais tarde, li numa revista que, por razões conceituais, uma artista americana empregara na cor sangue de sua própria menstruação, tive de me lembrar de minha adoradora de Karlsruhe, que, nesse sentido, havia de ser considerada vanguardista. Uma semana depois, ela desapareceu juntamente com seu quadro, desaparecendo também, e para sempre, de minha vida. Mais tarde, ouvi de amigos pintores que ela sempre procedia daquela maneira na feitura de seus retratos, até que, um dia, topara com um escultor que, após ser molestado por três dias, deu-lhe uma surra de baixar hospital e, ainda assim, foi absolvido.

Meu retrato continua podendo ser adquirido em cartões-postais.

Além desses relacionamentos assaz efêmeros, tinha poucas distrações, uma vez que, por um lado, quase não me interessava pelo desenvolvimento veloz, mas pouco inovador, da arte moderna e, por outro, tampouco tinha interesse no desenvolvimento da sociedade. Essa sociedade era interessante? Voltavam a acreditar no Estado, para minha tristeza. E a arte tinha algo a me oferecer? Eu lia muito, compunha bastante, vagabundeava um bocado. Estava feliz ou triste?

De Maria, já quase não tinha notícia alguma.

20.

Uma semana depois do final da festa, e dois dias após a partida de Maria, eu já não conseguia me lembrar de seu rosto. Por vezes, tinha mesmo a sensação de nem sequer tê-la contemplado. Seus cabelos, os olhos, os braços bem estendidos com os quais, tendo eu atravessado por entre as duas fileiras de húngaros o infindável caminho da porta até ela, Maria me abraçou; o cheiro de sua pele, a cor do vestido — os detalhes estavam todos ali, mas não resultavam numa pessoa, num ser humano. A outra Maria, a de mais de vinte anos antes, pairava mais nítida diante de meus olhos, como a estranha mulher que, tomando posse e sempre um tom acima, acabara de atravessar minha casa como se fosse a sua, como se notas, livros e piano lhe pertencessem, e como se houvesse enviado a filha apenas na qualidade de interventora encarregada de deter a terrível ruína de seus amados pertences. Os húngaros ainda presentes na casa — tio Sandor, Janos e duas crianças cuja origem não foi possível estabelecer com exatidão — mantinham respeitosa distância, deixando evidente que estavam acostumados a cenas daquela natureza. Fumando diante da TV, tio Sandor foi poupado; Janos lia constantemente um comentário ao Talmude e teve de ouvir que desperdiçava seu talento musical com leituras sem sentido; as duas crianças — uma moça de cerca de catorze anos e um garoto mais jovem que ela aparentemente mantinha como escravo — haviam se retirado para minha biblioteca, onde liam, sílaba por sílaba, as legendas de uma história ilustrada da pintura erótica, desde seus primórdios até os dias atuais, obra que eu adquirira por uma mixaria numa liquidação. Quem são vocês?, eu perguntara algumas vezes aos dois, que andavam pela casa mais ou menos despidos, quando Maria não estava por perto. Deixe as crianças em paz, sibilara Judit: elas não lhe pertencem, e você não precisa pôr as mãos em tudo que se move. Será que alguém tinha esquecido os filhos ali? Tampouco o tio e Janos, aos quais, escondido das mulheres, eu pedira informação acerca da procedência das crianças, tinham informações mais precisas a dar. O pai chamava-se Miklós e a mãe, Magda; acerca do paradeiro atual de ambos, contudo, as crianças nada sabiam dizer, mesmo depois de questionadas diversas vezes em húngaro.

Maria ia fazer compras, Maria tinha hora marcada no cabeleireiro, Maria foi fazer uma máscara contra as rugas que aparecem sobretudo depois de longas festas, Maria tinha demoradas conversas ao telefone, em diversas línguas e com o mundo todo. Mas sua atividade principal durante os dias de sua estada em minha casa consistiu em aprofundar-se em longas conversas com Judit, das quais, claro, eu era excluído. Ouvia altas risadas e também terrível e estridente gritaria, grandes goles de vinho e monólogos tranqüilizadores, todos os registros de que dispõe uma grande cantora eram empregados. Mas, por que empregá-los, e com que resultado?

Quando, dois dias após o término da festa, perdi o apetite

pelas sobras, combinei com Günter uma conversa a dois, a fim de, em língua alemã, retomar o pé da situação. Eu já estava à porta, segurando a maçaneta que conduzia à liberdade, quando Judit precipitou-se furiosa em minha direção, vinda do corredor escuro.

Aonde você pensa que vai?, gritou-me ela.

Combinei um jantar de trabalho com Günter, respondi em consonância com a verdade, mas senti, pela singular leveza com que aquela afirmação me viera à boca, que ela não podia corresponder à verdade.

E vai deixar seus convidados morrerem de fome?

Enquanto Judit falava, notei uma fresta se abrindo na porta do quarto em que ela estivera debatendo com Maria, pois uma estreita faixa iluminada se desenhara no soalho do corredor.

Que você, em vez de nos levar, a Maria e a mim, para um passeio, tenha decidido fugir, é compreensível. Mas que pretenda matar de fome a tio Sandor, Janos e as crianças já semi-abandonadas, disso eu não esperava que você fosse capaz.

A despensa está cheia das sobras da festa, respondi sem forças.

Claro, seus parentes que revirem o lixo!, gritou ela, tão alto que, como numa comédia, todos os húngaros vivendo sob meu teto saíram de seus cômodos para o corredor e olharam fixo para mim, o homem com a maçaneta na mão.

Está bem, então vamos todos juntos, cedi, e, à exceção de Maria e Judit, acompanharam-me todos, obedientes, ao Mario, o qual, conforme ele próprio comunicou ao tio e a Janos depois dos cumprimentos, apaixonara-se certa vez, fazia muitos anos, por uma húngara cujos pendores eróticos nada deixavam a desejar.

Acabou sendo uma daquelas noites artísticas que tanto detesto. Günter fez o papel do escritor conhecido, mas ainda não reconhecido em sua verdadeira importância; o tio fumava, Janos permaneceu calado e eu, logo depois de servida a entrada, tinha já as duas crianças dormindo no meu colo, o que me impediu de degustar o espaguete de forma civilizada.

Por volta das onze, estávamos de novo em casa, acompanhados de Günter, que carregava o moleque nos braços, porque nenhum dos dois compatriotas das crianças estava ainda em condições de tamanho dispêndio das próprias forças. Também eu trazia nos ombros a menina, que, tranqüila, balbuciava consigo mesma e, vez por outra, mergulhava numa vacilante cantoria. Curiosa carga. Eu abrigava naquele momento três gerações de húngaros em minha casa, na qual ainda me toleravam, embora com direitos restritos de moradia.

Ao abrirmos a porta, sobreveio-me de pronto a suspeita de que algo havia mudado. A casa estava às escuras. Como me fosse impossível, com a menina nos ombros, entrar em casa e tatear em busca do interruptor, e como Günter, sem querer, já dera duas vezes com a cabeça do menino na balaustrada, uma vez que tio Sandor tinha um medo patológico de vestíbulos escuros e já se sentara ofegante na escada, Janos teve de tomar para si a tarefa de iluminar aquela crescente escuridão, o que, após diversas tentativas frustradas, afinal conseguiu.

As duas mulheres haviam saído. Não posso dizer que aquela constatação me deixou triste; ao contrário, uma parte do velho aconchego do lar, de sua familiaridade, restabeleceu-se naquele momento, quando nós, os quatro homens, após cuidar das crianças, pudemos nos sentar ao redor da mesa da cozinha para, em paz, falar sobre as ausentes. Sobretudo Günter, capaz de acessos simultâneos de entusiasmo e belicosidade, arrancou dos dois amigos húngaros tantos detalhes que eu desconhecia sobre Maria e sua vida que, no decorrer da noite que principiava, a monumental epopéia amorosa na qual, até então, Maria e eu figurávamos como protagonistas viu-se reduzida à condição de um conto, uma novela caminhando para o necessário clímax. Ouvi, assim, pela primeira vez, algo que Maria sempre negara: ela havia sido membro do partido, e já o era quando nos conhecemos. Sua história amorosa comigo, portanto, fora do conhecimento do serviço secreto desde o princípio, o que havia de ter acarretado as conseqüências previsíveis. Janos, que sabia disso e demonstrava um prazer evidente em relatá-lo, e Sandor, que também sabia, mas o entregava a contragosto, superavam-se um ao outro — animados por uma grappa de primeira classe de que Mario nos provera e pela qual cobrara um preço exorbitante — no fornecimento de pormenores acerca de como, na vida de Maria, o amor pela música transformara-se em amor pela ideologia; e assim foi que, depois das duas da manhã, ainda na seqüência de nossa prolongada e imperturbada vivissecção, Günter, com um olhar fixo de bêbado, pôde afinal fazer a pergunta decisiva, isto é, se, à luz daquelas informações, eu não haveria de ser o pai de Judit. Mal formulada a pergunta, fez-se certo silêncio no recinto, podendo-se ouvir apenas o crepitar do cachimbo de tio Sandor.

Até aquele momento, minha vida jamais lançara qualquer sombra de fato sobre o que quer que fosse. Eu havia sido o tolo quietinho, com talento para uma coisa ou outra, mas desprovido de inveja ou grande ambição. Permanecera mais ou menos fiel a meu amor excêntrico pelo socialismo, apenas votava agora num dos partidos alemães de tendência social-democrata: os ricos devem ficar mais ricos para que os pobres não tenham de ficar ainda mais pobres. Do universo do existente, eu escolhera para mim uma parcela minúscula, aquela que eu habitava e trabalhava, alguma música e uns dois ou três livros. Tudo o que eu fizera tinha acontecido sem despertar atenção, como era costume generalizado à época na Alemanha Ocidental. Nunca disputara coisa alguma, ou, melhor dizendo: nunca precisara disputar coisa alguma. Necessidade de expressão, eu desconhecia, e excessos de vitalidade, sempre procurava evitar. Talvez minha postura enganosa-inofensiva fosse apenas um sinal de burrice; talvez fosse imperativo estar presente, como Günter, em ocasiões decisivas, por exemplo, na recepção de Ano-Novo do governador da Baviera — que jamais pensara em me convidar —, ou nas rodas mensais de artistas do primeiro-ministro, nos círculos sociais do presidente da República, na associação de escritores, no conselho do Instituto Goethe, no Humboldt, na comissão de cultura do sindicato, na fundação cultural da Mercedes, da Siemens ou da Müller-Brot. Eu me esforçara sempre e apenas por, com a máxima discrição possível, desvendar tão-somente meus próprios truques e segredos, o que me dera muito o que fazer a vida toda. Que, agora, justo eu tivesse me apaixonado por Maria e gerado um filho com ela, sob os auspícios do serviço secreto húngaro, era tão absurdo que pude destruir o argumento de Günter com o contra-argumento de que aquilo era cronologicamente impossível. Inseminação a distância!, exclamei: vocês não vão me dizer que acreditam em inseminação a distância! E, enquanto eu servia mais grappa, graças a Deus a mocinha húngara entrou sonolenta na cozinha, pedindo um copo d'água.

Junto com a menina, foram-se o tio e Janos, e mesmo Günter, em geral o último a sair, porque jamais abandonava de livre e espontânea vontade uma garrafa semivazia, sentiu a necessidade de me deixar a sós. Eu o acompanhei até a rua, onde ficamos esperando um táxi; tão logo ele estacionou ao nosso lado, Günter desferiu-me ainda outro golpe com uma última observação: era provável que também o tio e Janos fossem colaboradores do serviço secreto, ou não poderiam saber de todos aqueles detalhes da traição amorosa que Maria perpetrara contra mim.

E eu?, lancei-lhe a pergunta: não fui também membro dessa conspiração? Mas o táxi já havia se posto em movimento. Permanecia ainda ali na rua, pensativo, indeciso quanto ao modo como deveria me comportar ante o departamento de espionagem húngara sediado em minha casa, quando, vindo do lado oposto, um táxi se aproximou. Deve ser Günter, pensei comigo, que, de novo, está sem um tostão no bolso. Mas era Judit. Estava sozinha. Maria, segundo informou, preferira passar a última noite antes de sua partida no hotel Vier Jahreszeiten, a salvo de mim, de tio Sandor e de Janos, que, a seus olhos, mais parecíamos juízes. Eu, o juiz; os dois amigos húngaros, os auxiliares. Mas, se ela era inocente, o que tinha a temer?, perguntei. E quem é que pode, hoje, dizer de si mesmo que é inocente?, rebateu Judit. E prosseguiu: você, menos ainda, e, além do mais, você bebeu.

Fomos dar uma volta no quarteirão, para que eu tomasse um pouco de ar. Sugeri uma viagem à França, assim que o tio e Janos partissem. Nos próximos três dias, tenho de ir ao estúdio; depois, podemos sumir. Na França, começo a trabalhar na ópera sobre Mandelstam, se você me deixar trabalhar.

A partida demorou um pouco mais do que isso. Em primeiro lugar, porque foi muito difícil encontrar os pais das crianças em Paris, e, quando afinal os encontramos, não se mostraram dispostos a voltar tão rápido. Foi difícil demover Judit da idéia de ir entregar as crianças pessoalmente, o que, disse-me, amigos de verdade fariam. Assim, foi bom que o resto da família, o tio e Janos, não sentisse vontade alguma de rever a terra natal; a perspectiva de, a partir de agora, ter a televisão toda para si inspirava verdadeiro entusiasmo no tio, tanto quanto a possibilidade de utilizar a biblioteca sem ninguém com quem discutir produzia alegre animação em meu amigo Janos. Portanto, foram compradas grandes quantidades de leite vitaminado para as crianças e sacolas e mais sacolas de macarrão para os adultos; em longas reuniões, a mulher da limpeza foi informada sobre como e em que quantidade cozinhar, Sandor foi advertido a tomar muito cuidado com as brasas de seu cachimbo, Janos foi instruído sobre o que fazer em caso de incêndio, as crianças, a essa altura já quase entregues de fato à própria sorte, receberam de Judit antologias de poesia húngara, em favor das quais deveriam abrir mão da história da pintura erótica — o que decerto não fariam —, e, além disso, toda uma série de indicações de como se comportar até a volta dos pais. Depois, meu carro foi carregado até o teto e, com a certeza de que nunca mais tornaria a ver minha casa na forma que me era familiar, partimos para a França. Já na fronteira que separa Munique do restante da Baviera, via Janos estudando as cartas que Maria me enviara, depositadas numa gaveta secreta de minha escrivaninha, agora aberta; via também tio Sandor assistindo a mais um episódio de seu adorado *Der Fahnder*,* com trilha sonora de minha autoria, enquanto as cortinas pegavam fogo; e via ainda as crianças se atracando seminuas na escada, o que resultaria em denúncias. Tinha a ruína diante dos olhos quando alcançamos Bregenz, na Áustria; previa o fim de minha existência burguesa quando deixamos a Suíça; ao fazermos uma parada em Nîmes, sabia que precisava agora começar meu trabalho. Estava feliz — sentia mesmo uma felicidade infantil — quando, afinal, vi minha casa francesa diante dos olhos. Eu tinha chegado.

---

* *O investigador*, seriado policial da TV alemã, com episódios produzidos entre 1985 e 1993. (N. T.)

21.

Mal havíamos terminado de descarregar a bagagem, a casa foi posta de cabeça para baixo; depois, o jardim. Judit administrava com cautela seu talento para fazer-se impopular. Virar do avesso uma casa para a qual ainda nem bem se mudara, aquilo deixou-me perplexo. Tudo tinha de ser alterado de imediato. De imediato! Sim, pois Judit era da opinião, que não se dignou a fundamentar, de que eu precisava dar outra cara ao jardim, para que ele atuasse como o espelho da casa. Uma cara! De fato, o jardim estava em mau estado, com as plantas crescendo ao acaso, as mais belas vistas desfiguradas por arbustos de crescimento exuberante, jamais podados e, aliás, cheios de parasitas, trepadeiras e plantas diversas subindo e sufocando tudo. Eu tinha comprado a casa havia dez anos e, desde então, nada fizera nela, a não ser plantar algumas ervas. Agradava-me a vegetação crua, o emaranhado caótico circundando as claras dimensões da edificação erguida com pedras retangulares de arenito. Eu gostava da hera densa e desordenada que recobria a maior parte das paredes, ainda que seu crescimento aparentemente incontível ameaçasse levantar as telhas. E, todo ano, eu, de novo, me apaixonava perdidamente pelas rosas selvagens, que invadiam todos os canteiros. Nesse labiríntico jardim, zombeteiro de toda jardinaria civilizada; nesse paraíso não planejado de plantas e animais cochilando sob a proteção das paredes esfarelando-se, tive, nas horas de maior vazio, as melhores idéias de minha vida. Ali, sentado numa rangente cadeira de vime, fumando e contemplando, assistira aos pores-do-sol avermelhando o céu vasto e os retalhos de nuvens estirados com pincel grosso sobre o horizonte; ali, com um caderno de anotações sobre os joelhos arranhados por espinhos, tomara notas que me pareciam definitivas e puras, ou, de todo modo, intocadas por qualquer propósito. Que diferença dos febris e confusos cadernos de anotações de minha existência urbana! Mas, naquele jardim e naquela casa amistosa, também trabalhara em minhas composições, na sala grande e fresca ali embaixo, a noite inteira, quase sempre até o amanhecer, quando, então, os pássaros acordavam nas sebes, eu fechava as janelas e ia dormir em minha cama de ferro. Nenhuma casa, nenhum lar na cidade é capaz de evocar esse sentimento de felicidade, construído apenas e tão-somente de momentos felizes. Cada um tem seu espaço, a ele destinado. Às vezes, é necessária uma vida inteira para encontrá-lo e, ainda assim, não ocupá-lo, porque, de tanto procurar, ficou-se cego para suas qualidades. Eu, porém, tivera sorte, como pouquíssimas vezes em minha vida: aquela casa, com sua desordem sem salvação, era meu espaço. Até então, pessoa alguma conseguira introduzir qualquer ordem naquilo. Nenhum dos visitantes que, no verão, a caminho da Provença e do mar, detinha-se ali por uns poucos dias; nenhum dos convidados que, com freqüência, hospedavam-se em minha casa por semanas; ninguém tocava a norma não escrita daquela casa, a lei daquela propriedade: favor não mudar nada!

Mesmo conselhos bem-intencionados, comuns após visitas a casas de amigos, ecoavam no vazio, sem conseqüências.

Agora, no entanto, eu me via — a mim, senhor e guardião dessa lei que perdurara por dez anos — virando a norma de cabeça para baixo. Conferira a mim mesmo o poder de atuar como infrator de minha própria lei. Trepadeiras supostamente daninhas foram removidas; arbustos, arrancados, porque impediam a visão do vale; duas árvores pequenas que haviam crescido espontaneamente em meu jardim foram cruel e inapelavelmente cortadas; as árvores maiores, podadas, sobretudo a nogueira; as sebes, aparadas; os vasos de flores, quando beneficiários de alguma misericórdia, transferidos de lugar. Passei o dia inteiro de um canto a outro munido de enxada, serra e pá, como se tivesse de recuperar numa semana dez anos de trabalho perdido. E, embora me sentisse miserável e com a consciência pesada, logo me deixei inebriar por todo aquele cortar, aparar e exterminar, de tal maneira que, ofegante, precisava me deter com freqüência, a fim de não expor o jardim todo, de não sacrificá-lo a minha fúria. Então, toda noite, enquanto Judit preparava a comida, eu me sentava todo dolorido na cadeira de vime e contemplava amedrontado o crescente vazio a meu redor. Livre, o olhar podia agora procurar as colinas do outro lado do vale, estendendo-se rumo ao leste. À distância, densas e verdes florestas jaziam feito animais exaustos no ar seco e tremulante; a meio caminho, casas reluziam nas bordas dos campos amarelados, emitindo sinais de fumaça; carrinhos minúsculos apareciam, pairando por entre a escassa ramagem, como que puxados por um barbante. O mundo além do jardim fazia-se visível, mas também eu não era mais invisível ao mundo. Assustei-me ao avistar pela primeira vez meu vizinho em seu trator, e ele a mim: um homem curvado em sua cadeira de palhinha, esperando no crepúsculo por seu pão. Obra de caridade para com um velho trabalhador, passou-me pela cabeça, enquanto já movia minhas pernas cheias de picadas rumo à cozinha, a fim de poder ao menos buscar eu mesmo minha comida.

Judit estava satisfeita com meu trabalho. Aqui, tem de aparar um pouco mais a sebe; aquelas flores precisam de sombra agora, não suportam o sol; entre a casa e o muro que dá para o vale, precisamos fazer um caminho de cascalhos com um lugar para sentar lá no fim, para que, à noite, a gente possa comer lá, desfrutando da ampla vista. No geral, porém, meu trabalho aproximava-se cada vez mais e com crescente precisão da idéia que ela possuía de um jardim do Sul, uma idéia que só podia ter formado com base nos livros. Judit jamais estivera na França!

Quando, depois de dez dias de labuta ininterrupta, pretendi retomar meus escritos, pensando em pelo menos anotar algumas das idéias que me haviam passado pela cabeça durante aquele inaudito trabalho braçal, ela me suplicou que, primeiro, eu cuidasse da casa e a arrumasse. Um dia, vamos chegar aqui e encontrar ruínas, disse ela. Nós? Por que nós? De novo, porém, obedeci, fui até Nevac e voltei com o carro cheio de tintas, pincéis e broxas. Mais uma semana, e todas as madeiras, as portas e janelas haviam sido pintadas de cinza; as pesadas vigas que sustentavam o telhado tinham sido imunizadas contra carunchos, os antigos e intactos ninhos de vespas, removidos; três cansados trabalhadores que compartilhavam nosso almoço tinham aberto e murado um poço, porque a água que eu adorava e bebia em grandes goles estava supostamente cheia de pesticidas; todas as fendas nas paredes, as quais eu costumava contemplar absorto, como se se tratasse de uma necessidade secreta, tinham sido revestidas de cimento, e a entrada em madeira havia sido demolida e substituída por uma nova. Mesmo as inocentes toupeiras, que tinham escrito sua selvagem partitura na grama, foram expulsas do jardim com métodos brutais. Somente nós podíamos morar ali; o restante tinha de partir. Judit completou sua obra incumbindo um marceneiro de confeccionar novas estantes, nas quais dispôs os livros numa ordem compreensível, o que eu jamais conseguira fazer; a louça velha foi substituída por uma nova, adquirida de segunda mão "por uma ninharia", junto com antigas colchas bordadas para as camas, cujos colchões, monstros abaulados de crina de cavalo, foram parar no lixo. Como manter a saúde com colchões como estes?, perguntou-me ela: você já caminha com dificuldade e curvado feito um velho. Compramos, portanto, colchões ortopédicos, mais saudáveis para a coluna vertebral, os quais, por sua vez, demandavam novos estrados e suportes, a fim de poderem exercer seu abençoado efeito. Você precisa pensar na sua idade, disse ela num final de tarde, enquanto, enfim sentados em paz no terraço, admirávamos o pôr-do-sol, que ela não julgou necessário melhorar. É, porque nem sempre vou poder cuidar de você. É claro que, entre um concerto e outro, posso passar para dar uma olhada, mas, o resto do tempo, você vai ter de se virar sozinho. Ela estava a ponto de me arranjar uma mulher na cidadezinha próxima, alguém que fizesse a comida e cuidasse do jardim, uma mulher idosa, que não me chamasse a atenção. Tenho cinqüenta anos, respondi, e, até agora, me virei melhor sozinho do que a dois.

Sei, prosseguiu ela, e, em dez anos, você terá sessenta, um velho amante de vinho tinto, vivendo de uns poucos temas *kitsch* compostos para a TV, que, de vez em quando, folheia partituras amareladas de música de câmara, que continua achando melhor do que tudo o que está sendo composto agora, e espera ansiosamente pelo demonstrativo dos direitos autorais, porque seu seriado policial virou um sucesso na Bulgária, e, com percevejos, prega um antigo cartaz de ópera na parede do banheiro, para poder ler seu nome duas vezes por dia. E, quando você tiver sessenta, eu vou ter trinta e dois, estarei tocando Ligeti e Kurtag, que, já septuagenários hoje, terão oitenta e continuarão na boca de todos, porque acreditaram na própria música e trabalharam nela. Mas é duvidoso que, com trinta e dois, eu ainda tenha vontade e tempo de me preocupar com um velho cínico, enfurnado em sua velha casa em ruínas na França e contemplando os esquilos que passeiam por cima de seus pés descalços.

Antes que eu pudesse revidar aquelas suas patéticas opiniões, ela já desaparecera no interior da casa nada em ruínas, onde, logo em seguida, pude ouvi-la ao violoncelo.

Amanhã, começo a trabalhar na ópera sobre Mandelstam, pensei, irritado, e ela que cuide da casa sozinha. A estradinha num S bem aberto na colina defronte reluzia feito um monumento. Um carro com um sinal azul descia a colina, deixando para trás um fino remoinho de poeira que pairou no ar por algum tempo. Passava das dez, hora de ir para a cama, a fim de, logo depois das seis da manhã, se esclarecidas as perguntas que Judit me lançara, estar a postos, debruçado sobre a partitura.

Para que Judit não notasse que eu estava indo para a cama, contornei a casa de mansinho, até a entrada da frente. Junto a nosso novo poço, lavei o rosto com as duas mãos cheias da água ainda quente, abri a porta da frente feito um ladrão e subi a escada de madeira na ponta dos pés. Ela seguia fazendo seus exercícios ao violoncelo. De cuecas, deitei-me no novo colchão, puxei os lençóis, rolei o corpo para o lado e agucei os ouvidos. "Todos nós temos jardins e plantações ocultas em nós", passou-me pela cabeça, mas não consegui reter aquele pensamento. Judit estava perto demais. Sua proximidade impedia todo pensar autônomo.

Ela provavelmente tinha razão. Era provável que, dali a dez anos, eu estivesse de novo deitado de lado, perscrutando a noite, enquanto ela estaria viajando e tocando, de concerto em concerto. A cada três semanas, eu receberia um cartão-postal contendo os mais novos triunfos, e o fixaria lá embaixo, na parede sobre a pia da cozinha. Uma vez por ano, iria jantar com ela depois de um concerto em Munique, e todos voltariam a cabeça em sua direção, perguntando-se se eu seria o pai ou apenas o agente. A mim, perguntariam rindo se não pretendia algum dia compor algo para ela, mas algo bonito, livre, e não aquelas peças atormentadas da minha juventude. Uma ira tremenda subiu-me pelo corpo, transformando-se em ódio mortal. Amanhã, talvez ela quebre a mão, caia da bicicleta ou se envenene com as frutinhas que vive apanhando por toda parte e enfiando na boca. Aí, vai me pedir ajuda. E não vou ajudá-la! Vou recusar seu pedido com a mesma maldade que ela me dedicou. Vou tratá-la como a uma amante abandonada, transformar-me num estranho, ela não vai ser capaz de me reconhecer.

Nesse momento, Judit chamou meu nome, como se fizesse uma pergunta: György? Tinha se acostumado a pronunciar meu nome à maneira húngara, quando desejava ser muito carinhosa. György? Prendi a respiração. Pelas frestas das tábuas do soalho, via sua sombra itinerante; depois, ouvi-a assobiando baixinho enquanto guardava o violoncelo, ouvi o clicar do fecho e, a seguir, o ruído surdo do estojo sendo depositado a um canto. E, de novo: György? Não, não estou mais aqui, à disposição dela. Agora, ela irá até o telefone, ligar para a mãe, pensei, e, de fato, ouvi o velho disco do telefone girando, um número de muitos dígitos. Maria?, perguntou ela, após uma espera infinita, seguindo-se uma longa e sussurrada conversa em húngaro, na qual meu nome era mencionado a cada dois segundos. Eu suava de ciúme quando, além disso, ela começou a rir baixinho: György? *Kekmatchmögyatalassam*,* e assim por diante, até que se despediu com um sussurrado "adeus".

---

* Desprovida de significado próprio, a palavra busca apenas imitar a sonoridade da língua húngara. (N. T.)

Que fazer? Como, com amizade, não conseguia nada, tinha de dar vazão a meu ódio. O ódio arranca o inimigo de seu esconderijo, ao passo que a amizade o faz perseverar. Talvez devesse simplesmente expulsá-la de casa?

Judit dormia lá embaixo, no quarto de hóspedes ao lado da cozinha. Ainda uma vez, circundou a casa, como pude ouvir pelo ranger do cascalho, e, por alguma razão que me foi impossível adivinhar, fechou as venezianas para, depois, voltar para dentro e desaparacer atrás da porta rangente do banheiro (eu precisava urgentemente pingar um óleo ali). Enquanto a porta tornava a ranger, abrindo-se, ouvi o barulho da descarga. Então, abriu-se outra porta, que não fui capaz de identificar. E, quando eu tentava me concentrar para, depois de todos os desaforos daquela noite, encontrar o sono, ali estava ela, sentada na beirada da cama, como que trazida pelo vento.

Você já está dormindo?, perguntou.

Não, respondi, estou pensando.

E no que pensa um homem à meia-noite?

Em nada.

Você é budista, para conseguir não pensar em nada?

Não, rebati, sou um cristão apaixonado pelo cansaço, perguntando-se que pecados cometeu para que a filha de vinte e dois anos de uma amiga húngara o atormente dessa maneira.

Eu apenas disse a verdade, respondeu ela. E Maria concorda comigo. Disse que eu tenho de ficar de olho em você, do contrário você se arruína sozinho. Você precisa compor.

E como é que eu posso compor, Judit, se, de manhã até a tarde, tenho de ficar cavando jardim, pintando janelas, construindo poço e me deixando insultar?

Em Munique, você já não compunha. Ficava o dia inteiro sentado entre os livros, fazendo nada — essa é a verdade.

A verdade não existe, disse eu: pelo menos é o que dizem os inúteis dos livros!

Se seus livros dizem um absurdo desses, melhor não lê-los. É claro que existe a verdade da arte!

Muito bem, respondi cansado, mas ela se esconde atrás de muitas máscaras, e ninguém sabe quais.

Então, é seu dever atraí-la para fora. Com sua música.

Que ninguém quer ouvir, revidei, irritado, essa é a verdade. Minha ópera sobre Mandelstam vai ser encenada três vezes em Nurembergue, isso se o diretor artístico de lá permanecer no cargo. E é só.

Você é chorão como uma criancinha, disse Judit, acariciando minha mão pousada feito um estranho animal marrom sobre o lençol branco. E, de qualquer forma, Mandelstam é um tema equivocado. Uma ópera baseada em Mandelstam você deveria ter escrito vinte anos atrás, quando conheceu minha mãe. Naquela época, teria sido revolucionária. Mas hoje? Hoje, lamentar o assassinato de um poeta comunista pelos stalinistas, no palco da ópera de Nurembergue, é coisa barata.

Não quero lamentar, Judit, quero apresentá-lo como um modelo.

Apresente seu modelo, então, e tome cuidado para ele não tombar.

Em algum ponto dessa longa noite, quando a luz lá fora se fez mais clara e os passarinhos começaram a fazer barulho, me sentei na cama, encharcado de suor e com os olhos ardendo, e, com patéticos braços abertos, gritei: Agora, eu gostaria de dormir. Estou em minha casa, que comprei com meu dinheiro suado, e tenho o direito de, às três horas da madrugada, depois de um longo dia de trabalho pesado, me entregar ao sono! E, impregnado de autocompaixão, acrescentei: se é que vou conseguir dormir depois de toda essa falação.

É claro que você vai conseguir dormir, meu querido György, disse Judit, deitando-se atrás de mim, tapando meus olhos com as duas mãos e cantando baixinho uma canção de ninar húngara, à qual sucumbi de imediato. Nem mesmo o mosquito que, em pequenos círculos, voava ao redor de minha cabeça já era capaz de me perturbar. Pegue a sua parte, sussurrei comigo mesmo, pegue sua gota de sangue, ela lhe pertence: pegue-a e se cale.

22.

Quando acordei, o corpo de um calor inabitual às minhas costas, e olhei para o relógio, eram seis e meia da manhã. Minha vida havia mudado de modo dramático.

Rastejei com cautela para fora da cama. A situação me era embaraçosa. O corpo nu de Judit, seus braços que de repente agarravam o vazio, retornando para junto do corpo, as pernas torcidas de um modo estranho, estremecendo ligeiramente no sono, aquela imagem de uma jovem mulher, que eu contemplava boquiaberto como um *voyeur*, era tudo, menos uma imagem inocente.

Desci até a cozinha a passos furtivos, fiz café, sentei-me em minha cadeira de vime no jardim e procurei refletir. O mundo ainda estava envolto num fino véu, recolhido centímetro a centímetro, para expô-lo ao sol. Os esquilos já seguiam seu caminho, um par de borboletas passou em vôo hesitante, os passarinhos saudaram-me com imprecações, porque eu lhes havia cortado as sebes, e a torrente de formigas, todas levando pesados fardos e alheias aos acontecimentos da noite, desfilava nervosa diante de meus pés descalços. Eu estava justamente retomando um fio do grosso novelo da conversa noturna, para examiná-lo à luz da manhã, quando Judit apareceu à porta, um embaçado copo de leite gelado nas mãos. Vamos dar um passeio, propôs, antes que fique quente demais. Agora, não faz mesmo muito sentido ficar pensando sobre ontem.

Não estou pensando, respondi, estou sonhando. Mas fui com ela.

No topo da colina pela qual caminhávamos em direção ao vale seguinte, sempre rumando para oeste, havia várias casas de camponeses. Devia ter saído de uma delas um cachorro que viera atrás de nós, um cão de caça muito comum por ali. De súbito, caminhava à nossa frente um animal preto e branco, cuja cabeça dividia-se com exatidão em uma metade branca e outra preta. O resto do corpo estava marcado por um pó vermelho contra pulgas. Ainda assim, eu estava orgulhoso daquele cachorro, imaginando que nos acompanhava apenas por minha causa. Jogava-lhe uns pauzinhos, escondia-me atrás de uma árvore e me alegrava por vê-lo desconcertado, à procura de seu "dono". Chamei-o de Ossip, para irritar Judit, que era da opinião de que devíamos mandá-lo de volta para casa. Volte para casa!, gritou ela para o cachorro, batendo com agressividade as palmas das mãos, mas ele, que evidentemente já superara um longo aprendizado de tormentos corporais, apenas deslocou o olhar para mim, abanou o rabo desgrenhado e seguiu trotando adiante. Valente Ossip. No caminho de volta, devolvemos o animal, disse eu, saboreando as palavras "o animal". Junto de um moinho no vale, vimos já de longe dois cachorros pretos, que pareciam à nossa espera. Judit quis dar meia-volta quando os dois, latindo, puseram-se em movimento; eu segui em frente. Os cães mordem quem vem por último, diz o ditado alemão. Ossip vai nos proteger, afirmei. Mas ele desaparecera. Dera no pé, abandonando-nos à própria sorte, que não parecia lá grande coisa, pois os dois monstros negros bloquearam furiosos a passagem; latiam tanto que se podiam ver suas goelas tremendo, e pulavam arfantes em nossa direção, pondo-nos — a nós, que, medrosos, nos apertávamos um contra o outro no meio do caminho — em xeque. Por fim, chegou o moleiro e deu um assobio entre os dentes: havíamos sido derrotados e salvos.

Seu covarde!, gritou Judit, de péssimo humor, quando, passado o moinho, nosso cachorro voltou a se juntar a nós. Eu esperava ainda por um complemento, que, no entanto, não veio. Veio apenas quando descansávamos ao pé de uma nogueira. Eu me esticara todo, acendera um cigarro e seguia com os olhos a fumaça, dissolvendo-se junto dos galhos mais baixos; meu amigo deitara-se arfante a meu lado, com a metade preta da cabeça voltada para mim. Você é como este cachorro, disse Judit: na hora da provação decisiva, você foge.

Permaneci quieto. Pensava na meia hora que perdera dormindo. Provavelmente, iria me fazer falta para sempre.

Aconteceu como Judit previra. Como tomamos um caminho de volta que não passava pelo moinho, Ossip acompanhou-nos até em casa, tomou a água que lhe servi do poço e, sem dar nenhum sinal de estranheza, deitou-se embaixo da mesa sobre a qual, enfim, eu esparramara meus papéis, com o intuito de começar a trabalhar.

Amanhã levo o cachorro de volta, disse a Judit: por um único dia, deixe-me hospedar um amigo sob meu teto, um que se sente bem aqui.

Eu havia preenchido vários cadernos de anotações, registrando neles todos os fatos sobre a vida na União Soviética, desde o assassinato de Kirov até o final da guerra, que pudessem ser de importância para minha ópera. Depois, esses mesmos cadernos serviriam como base para a brochura contendo o programa, porque eu fizera a avassaladora descoberta de que os dramaturgos dedicados à ópera raramente recorrem aos livros e, quando o fazem, limitam-se aos guias e manuais, de onde copiam para seus programas tudo o que não vale a pena saber. Como, de qualquer forma, a maior parte desses dramaturgos acompanha sempre e apenas as mesmas vinte óperas ao longo de toda a sua vida profissional, eles podem, a partir do trigésimo ano de vida e até a aposentadoria, passar a copiar a si próprios, nunca mais necessitando tocar num livro sequer. O restante de seu trabalho consiste numa descrição favorável da vida dos cantores.

Um dos cadernos, o amarelo, havia sido reservado para anotações acerca da vida nos campos de concentração soviéticos. De início, espantou-me que existissem tão poucas descrições deles, pois só podia partir do pressuposto de que os testemunhos autênticos à disposição no mundo seriam encontráveis também em tradução. Comparados aos documentos existentes acerca dos campos de concentração alemães, eles eram escassos. Claro que, nos países em que partidos comunistas eram ainda permitidos e encontravam seguidores, relatos sobre campos de concentração soviéticos não eram lidos, e menos ainda comentados, com prazer. Isso era compreensível. Quem é que gosta de ouvir que sua casa se assenta sobre uma montanha de ossos? Por essa razão, a imprensa partidária francesa e italiana nada apresentava que fosse digno de nota. Mesmo admitindo que alguma coisa acontecera, que se havia pura e simplesmente esquecido de lamentar a morte de uns dois milhões de pessoas, as explicações a respeito exibiam caráter exclusivamente abstrato. Outros povos revelavam ainda maior indiferença para com a própria memória do que os alemães. Da dor que se detém em sua viagem pela consciência de um povo, mal havia sinal. Ainda assim, logrei juntar e avaliar umas duas centenas de páginas ao longo dos anos, das quais me foi muitas vezes difícil até mesmo copiar os fatos. De vez em quando, tinha de passar a recortar trechos de fotocópias, para colá-los no caderno amarelo, porque não me sentia em condições de copiar de próprio punho aquelas monstruosidades. Quanto mais mergulhava na leitura sobre os campos de concentração, mais impossível foi se fazendo para mim conceber uma música que transmitisse sequer um eco longínquo de todo aquele sofrimento. Diferentemente do que ocorreu na Alemanha, onde logo se concordou acerca do inimigo, de pronto identificado, a quem responsabilizar pela infelicidade nacional, nos campos soviéticos, torturavam-se amigos, membros de um mesmo partido, uma porção declarando a outra inimiga, a fim de justificar os próprios crimes. O interessante era que, segundo os relatos, os camaradas declarados inimigos não se sentiam de modo algum inimigos da União Soviética e, mesmo no momento da mais profunda humilhação, desejavam ser tratados como inimigos tão-somente do partido, reconhecendo, assim, em segredo e como justa punição, uma culpa que lhes era desconhecida. Será que tinham esperança de, dessa forma, tornar a fincar pé na sociedade, depois da vida no campo? A concordância com o campo era uma estratégia de sobrevivência, uma vez que nenhum daqueles que passou por ali podia supor que encontraria, depois, uma outra sociedade? O que pensava um artista como Mandelstam? O que pensavam os outros, que tinham acabado de receber um chamado de Stalin, perguntando por seu estado de saúde? Acreditavam que, uma vez cumprida a pena, voltariam a ser publicados e encenados? Nenhum dos senhores da cultura e da crença que morreram de fome, foram fuzilados ou assassinados nos campos, participara de alguma ação contra-revolucionária; nenhum deles gritara "Abaixo Stalin!" no metrô de Moscou ou distribuíra panfletos na Praça Vermelha; nenhum dos comunistas alemães em Moscou tinha

apoiado em segredo os social-democratas — não, eram todos crentes, torturados até a morte por crentes, por seus pares.
E Mandelstam?
Eu procurava ordenar as informações. Devia ser possível encontrar um princípio ordenador, organizado de forma tão minimalista que subjazesse a toda realidade. Apenas mediante sua total ausência do palco podia-se representar o campo de concentração.

Sob a rubrica "instrumentos para a escrita", eu reunira todos os relatos versando sobre o escrever, sobre o acesso ao papel, sobre os lápis, as tentativas de anotar alguma coisa nas margens e no verso das cartas, nas etiquetas dos remédios da unidade dos doentes. Sob essa mesma rubrica, porém, encontravam-se listadas também todas as referências a poetas e poemas lembrados, relatos acerca de uma universidade no campo, na qual, muitas vezes diante de um único aluno, eram feitas palestras sobre literatura francesa, Púchkin e Gontcharov. Uma segunda rubrica chamava-se "cultura e jogos", contendo anotações não apenas sobre as noites culturais com música e cinema, como também sobre as partidas de xadrez com peças de confecção própria. Além dessas, eu introduzira a rubrica "cenas", sob a qual reunia testemunhos especiais de crueldade — em vários campos, a recusa em trabalhar não era punida com fuzilamento imediato, mas, em pé, o delinqüente era exposto à neve e ao gelo da noite, até tornar a sentir vontade de trabalhar, ou morrer. Também anotara aí os muitos relatos sobre o repouso noturno, desde as preces sussurradas até os gritos dos prisioneiros atormentados por pesadelos. Sobretudo as orações; sob essa rubrica, anotara as mais fervorosas conversas com Deus que se podiam conceber, as longas e místicas diatribes registradas por alguém que tivera de aguardar a própria morte ao lado de um suplicante. Numa cena, eu já trabalhara um pouco. Como o Estado abolira a totalidade dos feriados cristãos e judaicos, cuja observância punia, eles tinham de ser celebrados em segredo. Um grupo de prisioneiros prepara o banquete — um pedaço de pão e um cálice de água quente; um deles recita poemas, depois, presenteiam-se uns aos outros, o não-fumante dá uma guimba ao fumante, que, por sua vez, dá um botão de calça a um companheiro cujas calças vivem caindo, e assim por diante, até, que por fim, todos se unem para rezar. Uma cena terrível, pavorosa e, no entanto, sublime — conceber uma continuidade da vida mergulhado num tal abismo, numa tal agonia.

Preenchida a totalidade dos cinco cadernos de anotações com minha letra tremida e miúda, sobreveio-me uma vergonha tão dilacerante que, embora esses cadernos fossem tudo quanto me ligava ao venerado Ossip Mandelstam — além de suas obras, que eu só podia ler em tradução —, teria preferido queimá-los, oferecendo-lhe, assim, o único sacrifício que teria podido fazer em sua memória. As frases que anotara, as confissões que repetira ao escrever, as doenças que tive de pesquisar para poder entender o que eram, toda essa loucura inimaginável perturbara de tal forma meu estado de espírito e meu pensamento que, às vezes, não conseguia sequer tocar naqueles cadernos. E, não obstante, toda a humilhação ali contida irradiava um encanto, uma fascinação repugnante e incontrolável, que me fazia tomar nas mãos repetidas vezes aquela minha documentação: "Quando voltei à Polônia, não encontrei um único parente vivo. Toda a minha família, todos os meus parentes, próximos e distantes, estavam mortos. Em tantas noites de insônia, porém, ansiei ainda por alguém capaz de me entender, e de poder fazê-lo pelo fato de também ter alguma vez estado num campo de trabalhos forçados soviético... Não me foi fácil, outrora, afirmar-me em minha posição de líder de uma brigada de construção. Na Rússia, como você sabe, tem-se de pagar por tudo. Em fevereiro de

1942, exatamente um mês após minha transferência para a barraca dos engenheiros, vieram me buscar uma noite, para me levar até a NKVD. Era a época em que os russos começavam a se vingar nos próprios campos das derrotas sofridas no *front*. Eu tinha quatro alemães em minha brigada, dois provenientes do Volga e já totalmente russificados, e dois comunistas que haviam fugido para a Rússia em 1935. Eles trabalhavam bem, e eu não tinha nada contra eles, a não ser, talvez, o fato de fugirem de qualquer discussão política como se fugissem da peste. Então, a NKVD apresentou-me um documento escrito, afirmando que eu os ouvira conversar em alemão sobre a iminente chegada de Hitler. Cabia-me confirmar com minha assinatura a veracidade daquela acusação. Deus do céu, um dos maiores pesadelos de todo o sistema soviético é, decerto, a loucura de pretender liquidar suas vítimas em conformidade com a parafernália legal. Não lhes basta enfiar uma bala na cabeça de alguém; não, esse alguém deve requerê-lo polidamente diante de um tribunal. Não lhes basta imputar com vileza uma culpa a quem nada fez; precisam também de testemunhas capazes de asseverá-la. A NKVD não deixou dúvidas quanto ao fato de que, caso me recusasse a assinar, teria de voltar a trabalhar na floresta... Eu tinha de escolher entre a minha própria morte e a dos quatro... Escolhi. Já sofrera o bastante com a floresta e a terrível luta diária contra a morte — queria viver. Assinei. Dois dias depois, eles foram levados para além do campo e fuzilados".

23.

Enquanto Judit exibia misericordiosa neutralidade diante de todos os animais que procuravam abrigo em nossa casa, não cessava de obrigar os seres humanos a engolir sua rejeição. Por que não gostara de Ossip? Em pouquíssimo tempo, habitavam nossa propriedade mais animais do que eu teria desejado, pois era eu quem tinha de interferir em suas desavenças em parte violentas. Por que, por exemplo, pegas que caíam do ninho tinham de ser criadas em nossa casa, tal explicação era impossível arrancar de Judit. Ladrões, dizia eu, quando tinha de enfiar em seus bicos abertos as minhocas picadas por Judit. Tampouco os gatos que apareciam provinham todos, como afirmava ela, da terra da inocência. De manhã, lá estavam eles, sentados diante do cadáver dos ratos abatidos, sibilando, e, quando já satisfeitos, deixavam os restos nojentos no chão da cozinha. Apenas os ouriços apresentavam comportamento aceitável. Não perdiam a calma nem com a gritaria dos pássaros nem com os ataques rudes e covardes dos cães, invejosos de sua parca refeição e da tigelinha de leite. Mesmo as lesmas que habitavam os legumes no jardim, aniquilando-os com fervor, não eram, digamos, jogadas sobre a cerca do vizinho, como eu aprendera a fazer em minha juventude, mas enfiadas num velho berço gradeado, atrás do monte de esterco, no qual me cabia lançar, à guisa de alimento, os restos de macarrão. Uma vez por semana, o carteiro as colhia daquela lama repugnante para degustá-las com alho e óleo.

Por que, ali no campo, Judit — uma filha da civilização em todos os aspectos, proveniente de uma família para a qual, a despeito de suposta perseguição política, cada traço civilizatório era de especial importância — entregava seu coração à natureza de um modo que evidenciava características anticivilizatórias, isso permaneceu um mistério para mim, sobretudo porque ela se queixava sem parar de que os animais lhe roubavam todo o tempo de que dispunha para a arte, a qual decerto ocupava em sua hierarquia posto superior ao deles. Era evidente que ela possuía acesso a diversos mundos e era capaz de sobreviver sem dificuldade em diversos sistemas. A arte era a única exceção, a medida sagrada. Seu ódio ao não-artístico por vezes assumia dimensões dignas do Velho Testamento, o que parecia cômico numa pessoa tão jovem. O correio, ela acusou de ter escolhido desenho pavoroso para os selos; ao já confuso prefeito da cidadezinha, explicou em detalhes que a fonte ali existente, projeto e execução de um artista de pouco talento, mas homem refinado, deveria ser removida, porque não estava em harmonia com as demais construções da praça do mercado; a vitrine da tabacaria, ela a rearranjou, contrariando a resistência do proprietário — cerrada, de início, mas cedendo depois —, e o fez mandando para o lixo a decoração anterior. Judit era da opinião de que os seres humanos só eram merecedores dessa designação se se cercavam de coisas belas. E o que era belo, cabia a ela determinar. Admito de bom grado que a fonte modernosa em meio às claras construções de tijolos à vista de fato compunha aspecto pavoroso, que os selos franceses comuns talvez não figurassem entre os mais gloriosos píncaros da arte, e que a minúscula vitrine de monsieur Aubrie não ensejava nenhuma reflexão sobre a beleza. O que me desconcertava era a total intolerância com que ela perseguia tais coisas — a natureza, que tinha de ser respeitada e contemplada, defendida e salva a todo momento; e a religião da arte, cujos ritos era imprescindível observar. Nós salvamos monsieur Aubrie, afirmou ela, enquanto ele nos acompanhava com expressão enviesada no rosto, por trás de sua vitrine quase nua. Se o pobre homem desejava mesmo ser salvo, isso não interessava a Judit, e menos ainda se, agora, alguns de seus fregueses, que sempre haviam se sentido bem naquela obscura jaula, iriam passar a fazer compras no supermercado.

Alguém que abrigava tantas possibilidades excludentes entre si só podia ser uma artista da metamorfose. Talvez ela nem houvesse ainda reconhecido seu verdadeiro caráter. Ou será que, como um manequim de caracteres, apresentava-me todas as suas máscaras, a fim de me deixar escolher? Talvez eu devesse reconhecê-la de uma vez por todas?

Mas mantive a boca fechada.

Enquanto a sensação mais duradoura que sentia em mim ao longo dos anos era o vazio, um vazio agradável a acariciar-me o corpo, um espaço sem nenhuma mobília, no qual tudo era possível, dando tempo ao tempo, Judit, de certa maneira, se superlotara de seus muitos interesses, de suas preocupações com tudo e todos, de suas inquietudes e pendores, de modo tal que a conduzia às raias da intolerância e da agressividade dar precedência a uma das muitas pessoas que a habitavam. Assim tinham origem as misturas, as sobreposições, as explosões inexatas de sentimentos, não raro dolorosas. Dolorosas sobretudo para mim, mas, vez por outra, também para ela.

* * *

    Um de seus muitos santuários era a cozinha. Embora, na verdade, se tratasse da minha cozinha, que eu arranjara segundo minhas necessidades, que crescera comigo ao longo dos anos, ela ocupou aquele espaço em pouquíssimo tempo, com tudo o que ele continha. Assim, e de repente, as facas, que eu mantinha sempre do lado direito da cesta de talheres — o lugar certo, considerando-se a freqüência com que as utilizava —, estavam agora à esquerda, ao passo que as colheres, às quais ela dava preferência, ocupavam o compartimento que havia sido das facas. E assim foi também com as xícaras, os pratos e as panelas. Até mesmo minha xícara preferida, um exemplar único, com posto fixo ao lado do fogão, foi punida com uma transferência, porque Judit desejava que eu adquirisse o costume de bebermos os dois sempre em xícaras iguais; como não havia duas com a mesma cor e o mesmo modelo no armário, um novo par foi comprado.
    Toda noite, ela passava cerca de meia hora escrevendo em seu diário. Era um caderno pequeno e disforme, cujas páginas já escritas estavam onduladas, em razão da grande quantidade de tinta que haviam absorvido, o que sempre o fazia oferecer-se sedutoramente entreaberto. Ela não precisava escondê-lo, porque a história de sua paixão por um compositor mudo, rijo e renitente era registrada ali em língua húngara. Pelo contrário, Judit o esquecia aberto com freqüência sobre a mesa da cozinha, a fim de atiçar minha compreensível curiosidade. Como meu nome figurava em quase todas as páginas, não era difícil descobrir quem era sua fonte de inspiração; e como, ademais, minha maldade e meu consciente esforço auto-extintivo muitas vezes apresentavam-se expressos em citações diretas em língua alemã, tampouco pairavam dúvidas sobre a tendência geral. Tratava-se de um livro sobre minha pessoa, isso era certo. Mas, por que ela

registrava com tamanho cuidado o que eu pensava sobre ela e sobre o resto da humanidade? Por que transmitir à posteridade minha afirmação de que a vida em conjunto dos seres humanos fracassara? Judit confessava-se, mas para quem? Estava escrevendo um diário por mim, a fim de apresentá-lo a Maria como prova de minha incapacidade, de meu fracasso artístico e humano? Era estranho reencontrar no texto em húngaro, com suas longas palavras já em si ameaçadoras, minhas ameaças, meus medos e meu sarcasmo, pequenas partículas que, reunidas, compunham o corpo de uma pessoa a ponto de aniquilar o mundo e, com ele, a si própria. Não havia uma única palavra alemã naquelas páginas que apontasse para um homem normal, apenas ameaças, imputações, ofensas, nada que prestasse. E, em meio a toda aquela disparatada escrevinhação, encontrei de súbito a frase a mim atribuída: Se você fizer isso, eu te mato. Ela reaparecia outras duas vezes na mesma página, no que só podia ser uma espécie de comentário que Judit dedicara àquela monstruosidade: Se você fizer isso, eu te mato. Quando eu dissera aquilo? Num domingo, o segundo que passamos juntos, como informava a data da anotação. Eu dissera mesmo aquilo? Tentei me lembrar daquele domingo, da briga que tivemos, algo a ver com música, e da qual me retirara dizendo: Você não tem jeito, frase que também reencontrei na página seguinte do diário. Mas, por que a ameaçara de morte? Durante a briga, eu saíra de casa e fora até a cidade beber alguma coisa. Voltara tarde da noite e, segundo minha memória, fora direto para meu escritório, dormindo no sofá; de todo modo, acordara ali na manhã seguinte. Não sei o que você quer comigo, o diário citava no dia seguinte, embora tampouco pudesse me lembrar de ter dito essa frase, o que, no entanto, podia-se atribuir à ressaca. Ela queria algo comigo?

    Que fosse para o inferno, ela e sua confissão diária.

24.

Em poucos anos, serei um músico do século XX; e, se chegar ao século XXI — o que, a julgar pelo andamento das coisas, seria de se esperar —, os obituários dirão a meu respeito que fui um típico representante da música do final do século XX, alguém que, embora tendo o novo diante dos olhos, não quis segui-lo. Seu verdadeiro pânico ante a obra de arte aurática conduziu-o a uma vida dupla: por um lado, cultivou moderada modernidade, sobretudo em suas óperas; por outro, viveu do empréstimo de seu rico e indubitável talento à televisão, para a qual produziu inúmeras composições, algumas das quais transformaram-se em verdadeiros sucessos. Seu projeto mais ambicioso foi, sem dúvida, a ópera baseada em Mandelstam, na qual, valendo-se de todos os meios de que dispunha, e de forma nada desinteressante, buscou reunir numa composição complexa as forças centrífugas do século, tanto as artísticas quanto as políticas. Se logrou em todos os momentos superar o abismo entre a intenção de apresentar o curso da história como necessidade político-social e a transformação dessa intenção em material musical, não se pode dizer. A estréia em Nuremberg e as apresentações que se seguiram, em Varsóvia, Moscou e Budapeste, foram, entretanto, celebradas como o derradeiro ponto alto de uma cultura operística moribunda. De modo geral, há que se dizer que ele sempre se sentiu mais fortemente ligado à vida musical do Leste do que à do Oeste. Nos últimos anos, imperou o silêncio a seu respeito. O compositor, que desde a virada do século vivia numa casa afastada no Sul da França, apenas raramente era visto nos grandes centros musicais, embora seus "Fragmentos" seguissem desafiando os intérpretes. Tanto maior o choque causado pela notícia, agora divulgada, de que ele se enforcou em sua casa na França.

É isso. Ou mais ou menos isso. O texto pode ser atualizado a qualquer momento que se queira, mas o cerne está correto.

25.

Desde esse verão, o velho *château* semi-arruinado do terreno ao lado possui novo morador. Um advogado parisiense, um nobre que se destacou como advogado de defesa nos últimos processos contra nazistas na França, é agora o proprietário e quer mandar restaurá-lo. Todos os artesãos e burocratas da cidadezinha estão entusiasmados, porque o homem evidentemente tem tanto dinheiro que está interessado em reconstruir com a máxima fidelidade a portentosa edificação, que sempre me inspirou como ruína pictórica. Assisto ao progresso dos trabalhos com inquietude e desconfiança, pois, dada a dimensão da obra, é de se esperar que um dia venham a celebrar ali festas de verão, talvez com música para dançar. Não bastasse isso, o conde tem ainda três filhos em idade de freqüentar festas, os quais observo de longe e com ódio crescente. Nada é mais terrível do que ter a nobreza francesa na vizinhança, porque essa gente acaba por atrair seus pares. Provavelmente, a nobreza francesa é ainda mais terrível do que a terrível nobreza alemã, cuja estreiteza mental não possui paralelo na Europa. Colecionadores de pratos, não passam de colecionadores de pratos sentados em suas cadeirinhas cambaleantes, mas genuínas, estudando árvores genealógicas. Apreciadores de antigüidades, como se diz, cuja razão saiu em férias. Convidados bem-vindos a festas. Quando a coisa vai muito mal, organizam saraus de música de câmara, nos quais somente colecionadores de pratos são admitidos, adornados com o resto das jóias da família. Alguns chegam a vir da África do Sul, onde ganham seu dinheiro como caçadores de grandes animais, comparecendo apenas para participar dos saraus de música de câmara. Gostam de falar sobre a não-confiabilidade dos negros, pois já não pronunciam a palavra "preto". Os colecionadores franceses de pratos têm constantes problemas com os norte-africanos, cuja arte por vezes colecionam, mas somente a autêntica. Assim, quando não se ocupa da música de câmara, a alta nobreza européia dedica-se à África. A perspectiva de logo vir a ter minha solidão perturbada por essa gente, na qualidade de meus vizinhos, é insuportável, mas não há muito que fazer a respeito. Vou precisar deixar a sebe crescer até uma altura maior. E, quando os filhos do nobre advogado começarem com as festas, terei de ir à polícia. Por certo, deve haver maneiras de impedir que a jovem nobreza francesa promova suas festas.

Em meus pensamentos, ocupava-me ainda de como enfrentar o novo inimigo, que, no entanto, já invadira meu jardim. O filho. Boa aparência, tive de admitir com irritação. Nariz de nobre, olhos claros, brilhantina no cabelo, camisa branca e calças curtas, descalço. Disse que era da casa ao lado e quis saber se podia usar o telefone. Jacques, o eletricista, cortara os fios sem querer. Pois não, respondi, e apontei para a porta aberta, mal conseguindo falar, de raiva: o telefone está sobre o piano. Tremendo, sentei-me em minha cadeira, incapaz de prosseguir com a leitura. Amanhã, vão me pedir para usar a água; depois de amanhã, pedirão emprestadas as ferramentas de jardinagem; em duas semanas, vou encontrar uma oferta na caixa do correio, propondo transformar minha casa em abrigo para os escravos norte-africanos. O senhor pode deixar os móveis na casa: o jardineiro se desvencilhará do que não for de utilidade para os tunisianos. Não desejando o senhor aceitar nossa justa oferta, daremos início aos procedimentos jurídicos adequados, os quais, meu caro senhor, conduzirão a...

Estava tão mergulhado em minhas furibundas fantasias que Judit teve de me sacudir o ombro. Philippe gostaria de agradecer, disse ela, e, quando abri os olhos, vi a mão bronzeada de Philippe diante de mim, a qual, ainda que a contragosto, precisei apertar. Então o almofadinha se chama Philippe, comentei com Judit após a partida dele: tomara que não me apareça a cada meia hora, para espionar e esvaziar nossa casa.

Você é repugnante, respondeu ela. Ao contrário de você, Philippe tem boas maneiras. Devíamos convidá-lo para jantar; aí você poderia contar a ele alguma coisa sobre as redondezas.

Eu?

É, você. Ele estuda administração de empresas na Sorbonne e se interessa por arte e literatura; as duas irmãs tocam violino e piano. Poderíamos tocar juntos.

Judit, disse eu, não quero nenhum administrador de empresas em minha casa e tampouco quero tocar com as filhas do meu vizinho. Quero trabalhar em paz.

Trabalhar?, retrucou ela. Fomos convidados para a festa da cumeeira amanhã à tarde, e virão todos os seus amigos da cidade.

Eu perdera a fala. Sob o pretexto de querer telefonar, o garoto soubera jogar Judit contra mim. Provavelmente, encontravam-se já o tempo todo às minhas costas. Philippe! Deviam ter um acordo para me expulsar de minha casa. Talvez, na tal festa da cumeeira, aproveitem minha ausência para, imperturbados, ocupar minha propriedade! O único hoteleiro da cidadezinha havia sido preso no ano anterior porque, tão logo os hóspedes preencheram seus formulários, ele os repassara a seus aliados e comparsas, que limparam as casas dos desavisados turistas. A história viera à tona porque um casal de Aachen, que havia sido roubado um ano antes, tornou a pernoitar em nossa cidade e reconheceu, pendurado na parede do pobre saguãozinho do hotel de província, um quadro surrupiado de sua casa, um Baselitz iniciante, que os novos proprietários, na falta de comprador, haviam pendurado no estabelecimento — de cabeça para baixo. Provavelmente, já no final do ano meu piano estaria sofrendo nas mãos da filha do advogado.

Por mim, você pode ir à festa de nossos inimigos, resmunguei, mas vai sozinha.

Só que eu disse que iria com meu pai, complementou Judit: que outra coisa podia dizer?

Com meu pai! Precisei da tarde inteira para me restabelecer.

De fato, Judit foi à festa da cumeeira na tarde seguinte. Sentado no jardim, e com o auxílio de um protetor de ouvidos, eu tentava trabalhar. Mal dormira durante a noite, porque minha cabeça latejava com os pensamentos desencadeados pela filha de Maria, de tal forma que me concentrar era agora ainda mais difícil do que de costume. Estava lendo sem vontade a história dos crimes stalinistas, porque era sempre a mesma história horrorosa, acabando sempre em interrogatório, tortura e morte. Tinha-se de despir as palavras de seu manto burocrático. Nomes e mais nomes. Cada chefe provincial do partido apresentava sua lista de candidatos à morte, a lista era aprovada e as pessoas eram executadas sem julgamento. O livro nada dizia sobre se os caciques do partido, os que não foram executados, tiveram de responder mais tarde perante um tribunal de fato, defendidos por gente como meu vizinho, porque todo assassino em massa, por mais brutal que fosse, havia de ter direito a defesa. No fim, a se dar crédito ao livro, estavam todos mortos — menos Stalin. Lembrei-me de quando meu pai, certo dia, no café-da-manhã, disse que Stalin havia morrido. Ninguém se manifestou, nenhuma explosão de alegria. A família inteira permaneceu sentada em torno da mesa, embaraçada, sem dizer palavra. Um estadista ruim, doente e cansado havia morrido.

Em dado momento, não agüentei mais o silêncio e arranquei o protetor de ouvidos, posicionando-me tão perto da sebe que, sem ser visto, podia observar a festa. À longa mesa no jardim, logrei reconhecer o carteiro, o pedreiro com a esposa, o eletricista que supostamente havia cortado o cabo do telefone, o bricabraquista com sua cara sempre sorridente, decerto na expectativa de conseguir vender para a nobreza seus velhos pratos falsificados, depois que eu me recusara a pagar-lhe vinte francos pela faiança em mau estado; reconheci também a quitandeira, o comerciante de queijos e alguns outros que conhecia apenas de vista. Judit, é claro, estava sentada à mesa da nobreza, naturalmente ao lado de Philippe, que se curvava sem cessar de tanto rir, provavelmente porque ela estava contando-lhe as palhaçadas do palhaço do seu padrasto. Ou que diabo ela estava contando que tanto divertia a nobre família? Nada havia de engraçado na vida dela, a não ser eu. Teria preferido lançar-me ao ataque, arrancá-la pelos cabelos daquela companhia e trazê-la de volta a minha vida.

Atormentado pelos mosquitos, eu continuava ainda junto à sebe quando, do outro lado, acenderam os lampiões e um pequeno grupo começou a tocar música para dançar; é claro que Judit e seu novo galã foram os primeiros a sair girando pela grama, sob o aplauso alegre dos presentes. Já não se celebrava ali uma festa da cumeeira, mas um casamento, o que se tornou ainda mais evidente quando a segunda dança não foi liderada pelos novos proprietários do imóvel, mas por Judit e pelo advogado. O sogro parece ter gostado de sua bela nora húngara, pois somente a contragosto a devolveu aos braços do noivo, que, enquanto isso, já havia se levantado e caminhava inquieto pela borda da pista de dança, até poder enfim apertar de novo a presa em seu peito, contra seu corpo. Eu estava imaginando coisas ou Judit de fato acenara em minha direção, tendo um giro de corpo permitido a ela fazer-me um sinal sem com isso desgostar seu novo companheiro?

Por volta das nove da noite, com os olhos doloridos, abandonei meu desconfortável posto de observação, apanhei meu livro e voltei para dentro de casa, trancando portas e janelas. Não estava esperando ninguém nem pretendia abrir a porta para pessoa alguma. Havia muitas outras camas no mundo. Comi um pão com salame, algumas azeitonas e tomei uma garrafa de vinho tinto encorpado, a fim de poder pegar no sono mais rápido.

Às onze horas, a música parou.

À meia-noite, ouvi uma risada fina diante da porta, que aumentou e, de novo, diminuiu de volume.

Pela manhã, despertado por meu relógio interior, encontrei Judit dormindo em sua cama. Em pé diante dela, contemplei-a com toda a ternura e grandeza de que era capaz, quando teria preferido matá-la.

Petrificado, caminhei até a cozinha, onde encontrei aberta uma folha da janela, fiz café e sentei-me à mesa. Em seu diário, esparramado sobre a mesa, li uma longa frase em húngaro, escrita decerto ainda naquela noite e contendo o nome Philippe de Gaillard.

26.

Philippe vinha quase todos os dias. Às vezes, dava uma passada já de manhãzinha e tomava um café conosco. Outras vezes, vinha almoçar; era muito raro que sua voz só se fizesse ouvir à noite. Ocasionalmente, trazia-me um livro ou um artigo sobre música que encontrara num dos muitos jornais que, por certo, lia todo dia. Judit lhe pedira sugestões de como aplicar meu dinheiro francês, que, na opinião dela, não estava desempenhando a contento e se multiplicava com demasiada lentidão, de modo que havia outras razões para buscar a minha proximidade. E, de tempos em tempos, Philippe trazia consigo suas irmãs de meias azuis, para que tocassem música de câmara comigo e com Judit. Foi um belo verão em formato reduzido.

Todos pareciam satisfeitos, apenas Judit me preocupava. Dia após dia, aumentava sua flexibilidade e sua maleabilidade, desejando agradar a todos — a mim, a Philippe, ao advogado. À noitinha, em meio ao sossego, seu rosto parecia um campo de cadáveres; e, durante a noite, quando eu observava seu sono, o que se tornara um hábito para mim, ela me parecia estar dormindo sobre um travesseiro de ervilhas.

O outono já estava no ar. As castanhas caíam, cuspindo no chão seu fruto marrom, E, pela manhã, um véu branco recobria o vale, demorando-se mais e mais a cada dia até espraiar-se. Os camponeses colhiam os girassóis erguendo-se marrons e desanimados nos campos, o denso milharal fazia-se mais ralo, o milho de um vermelho amarronzado recolhia ávido os últimos raios quentes de sol. Um brilho azulado recobria os campos já arados e, do outro lado do vale, nuvens cinza de fumaça subiam da terra queimada em direção ao céu. Somente a amoreira diante da casa mantinha ainda o verniz verde-escuro das folhas, como se não precisasse se preocupar com a mudança das estações.

Precisamos começar a pensar na partida, eu disse a Judit, que, apagada, estudava uma partitura à mesa da cozinha: o verão está terminando. Antes de começarem suas aulas, ela queria ir ainda uma vez a Budapeste: um tio estava fazendo oitenta anos, e ela não podia de modo algum perder o aniversário. Mas você precisa vir comigo, disse ela, de repente: não posso viajar sem você; se não vier comigo, nunca mais falo com você.

E o que eu iria fazer em Budapeste? Percorrer de novo os bairros, agora por certo renovados, visitar o novo McDonald's? A idéia de comemorar com a família de Judit o aniversário do tio era uma tortura. E Maria? O que diria ela se eu voltasse a Budapeste acompanhando Judit, com vinte anos de atraso, um velho ocidental desembarcando no hotel Gellert e pagando com American Express?

Não posso ir a Budapeste com você, preciso trabalhar. Talvez, ano que vem, quando a ópera estiver terminada.

Judit não respondeu. Seus ombros começaram a chacoalhar; depois, o corpo todo. Ela se levantou de um salto, como que juntando suas últimas forças, chutou a cadeira para o lado, levou as mãos ao rosto e começou a gritar e vociferar, como se estivesse com o diabo no corpo. Eu não disse nada. A explosão era violenta demais para ser aplacada por uma palavra de consolo. Permaneci, assim, um mudo espectador de seu sofrimento, o qual ela não desejava ou não podia partilhar comigo.

Desde a mais tenra infância, eu tinha medo dessas explosões. Tanto minha mãe como algumas de minhas tias tendiam, em certas situações, a se deixar chacoalhar por espamos de pânico, sem que a família, muda observadora desses acessos fantasmagóricos, pudesse intervir. Mais tarde, quando a situação voltava a se acalmar, jamais se falava sobre o assunto, ou, em todo caso, não na minha presença. Assim, nada pude fazer quando minha tia preferida foi internada numa clínica fechada, onde viveu ainda uns poucos anos sob cuidados, sempre simpática, quando eu a visitava, sempre ausente. O sombrio terreno de sua infância cedeu, disse meu pai; a guerra veio buscar sua última vítima, disse minha mãe, que sofria também de depressões e passava semanas deitada na cama, de olhos fechados.

Em algum momento, Judit deixou o cômodo. Eu permanecera sentado à mesa, tinha bebido vinho, fumado e perscrutado o silêncio. Quando Philippe surgiu de repente diante de mim, a fim de apanhar Judit para um passeio, eu não disse nada. Apenas apontei com a mão para o quarto dela, porque supus que ela tivesse ido se deitar; mas ele voltou de imediato, porque não a encontrara. Ficamos ainda um tempo juntos na cozinha, esperando, até que Philippe sugeriu ir procurá-la.

Separamo-nos diante da casa. Philippe foi na direção da cidadezinha, eu tomei o caminho do rio. A lua ocultava-se sob nuvens pesadas, de modo que eu só conseguia avançar devagar e aos tropeços. Morcegos e rouxinóis revoavam, e o chilro rouco de uma coruja fez-se ouvir. Os abrunheiros à beira do caminho crepitavam e estalavam como se estivessem vivos. Demorou uma infinidade até que eu alcançasse o rio. Nem sombra de Judit. Chamei seu nome baixinho, mas, em resposta, ouvia-se apenas o murmúrio amistoso do rio, decerto contente por, após a longa secura do verão, receber de novo água fresca dos temporais para levar adiante. O cheiro era de mofo e de outono.

Uma distância espacial e temporal insuperável me separa de Judit e de seu mundo, passou-me pela cabeça já tensa. Mesmo que a encontrasse, já não chegaria até ela.

Enfim, alcancei a pequena ponte para pedestres que me conduziu ao outro lado, de onde um caminho estreito e escorregadiço levava até a cidadezinha. Lá, pretendia encontrar Philippe no Café des Sports, na rue Gambetta, caso ele não tivesse encontrado Judit e a levado de volta para casa. Judit, sussurrei às sombras, que agora, tendo as nuvens libertado a lua por um momento, esparramavam-se pelo caminho. À minha frente, tinha a escura fortaleza de uma pequena floresta; para além dela, ficava a cidade, lançando sua luz pálida rumo à massa escura do céu.

Nada de Judit. Eu já alcançara a funilaria e as adjacentes e minúsculas casas dos árabes, das quais irradiava o azul-pálido dos televisores. Um homem, fumando à porta de casa, ergueu um pouco a mão do cigarro num cumprimento, eu ergui a minha também, sem tê-lo reconhecido. Por uma janela aberta, vi a cabeça do primeiro-ministro, tomando quase toda a superfície da tela, o volume parecia ter sido abaixado por precaução, procedimento de que eu próprio me valia com freqüência, a fim de proteger-me da política. Sentado nos degraus iluminados diante da igreja, um casal se beijava, observado por um cachorro agitado. Sem se afastar da boca da namorada, o rapaz de súbito ergueu uma mão e jogou para cima uma bola, que, aos pulos cada vez mais curtos, saltitou pelo calçamento em minha direção, o cachorro atrás, tocando-me de leve com o rabo. Eu parei a bola com o pé e a chutei com toda a força contra a parede da igreja, onde ela ricocheteou e, descrevendo um arco pelo alto, desapareceu na escuridão. O cachorro ficou parado, sem saber o que fazer, e eu entrei pela rue Gambetta, em cujo fim a placa da Heineken anunciando o café ainda estava iluminada. Também ali, nada de Judit. O dono não a via fazia dias. Os dois outros fregueses, Pierre e Jean, carpinteiros indolentes e de poucas palavras, produziram gestos de concordância. Nos dois anos anteriores, tinham trabalhado em construção civil na África, não conseguiam mais se encaixar naquele mundinho estreito da cidade pequena, passavam as noites no café ou iam caçar. Pierre se tornara o rei do fliperama na região, mas mesmo a taça prateada com a inscrição não pudera ajudá-lo. Tinham a África nos olhos e na língua, quando abriam a boca. E conversavam, de preferência, sobre o baobá, do qual as árvores locais não chegavam nem perto. Tomei um Pernod com eles, seguido de uma tacinha de vinho tinto e de um café. Oxalá o fato de Philippe não ter dado o ar de sua graça significasse que tinha encontrado Judit.

Jean me levou até em casa com sua Vespa, depois de eu haver pagado também a conta dos dois. Já na garupa, com a espingarda de Jean no colo, ouvi o dono do café baixando a grade de ferro num estrondo, como se estivessem fechando os portões da prisão às minhas costas.

Ainda de longe, vi todas as luzes acesas, tanto as da casa de Philippe quanto as da minha. Uma melodia de Schubert vinha-me à mente sem parar, num *loop* infinito, mas não conseguia me lembrar das palavras. Feito duas luminosas piras ardentes, erguiam-se as duas casas em meio à escuridão que as envolvia, como portentosas tochas no negrume da meia-noite.

Jean deixou-me diante do portão de casa; como se fantasmas o acossassem, já tinha desaparecido quando quis entregar-lhe a espingarda, uma bela arma que, agora, eu apoiava cuidadoso no ombro. Ao lado do portão, havia um carro desconhecido, um velho Peugeot sob cujo capô o motor esfriava, clicando baixinho. As cigarras pareciam endoidecidas.

Fui até a cozinha. Philippe levantou-se de um salto e veio em minha direção, os braços estendidos como num pedido de desculpas, mas se deteve quando tirei a espingarda do ombro. Então, o outro homem, sentado numa cadeira, levantou-se também e se apresentou: Bricault. Era o médico de Auville, a quem Philippe chamara porque o médico de nossa cidadezinha submetia-se a um tratamento de desintoxicação nos Vosges, do qual por certo jamais regressaria, conforme acreditavam todos. Dr. Bricault, portanto, jovem e bem-sucedido, um rapazinho seco, desejoso de mostrar sua originalidade a cada frase, apaixonado pela própria originalidade e, a despeito da pouca idade, já arruinado por ela, um presunçoso perfumado que, a minha pergunta acerca do que acontecera com Judit, sentou-me em minha cadeira — na verdade, a cadeira de Judit — e pôs-se a me tranqüilizar, como se eu próprio, ainda sem o saber, estivesse sofrendo de uma doença incurável, como se a casa inteira estivesse fadada à ruína e fosse ele o portador dessa terrível notícia. Instintivamente, Philippe sentiu que a bile subia-me à cabeça e, lançando um olhar amedrontado a minha espingarda, sentou o dr. Bricault em outra cadeira, fazendo-me, então, um seco relato, do qual as partes que eu não entendia eram repetidas por ele em coro com o médico. Era tudo muito simples. Philippe encontrara Judit num bosquezinho a menos de cem metros da minha casa, uma trouxinha perdida e incapaz de reconhecer a si própria, que, deitada no chão, soluçava, recusando-se a acompanhar Philippe, o qual, de sua casa, telefonara para o médico, dr. Bricault, que aplicara nela uma injeção de calmante — uma injeção de calmante? —, sim, uma injeção para acalmá-la, o senhor entende, ao que o médico pôs-se a fazer mímica com os dedos, aplicando uma injeção fictícia no próprio braço, e, depois, então, tinham carregado Judit para minha casa e a colocado em sua cama.

Essa era a parte compreensível do relato.

Agora, porém, o médico apresentava-se e repetia o drama valendo-se da terminologia médica e fazendo-o, claro, perder em dramaticidade e premência. De todo modo, tratava-se de um colapso nervoso, uma debilitação do pior tipo, que não se deixava curar com uma simples injeção. Bricault, contente por, uma vez na vida, ter nas mãos mais do que furúnculos e amidalites, recomendou internação numa clínica. Repouso, repouso e repouso, sob cuidados médicos, recuperação das energias, uma vez que Judit estava por pouco. Totalmente esgotada, exaurida, sem reservas. Se não fizéssemos alguma coisa imediatamente, estaríamos colocando em risco a vida dela.

Pedi para vê-la, o que me foi concedido depois que Bricault tornou a traçar para si um quadro do estado da paciente. Se ela abrisse os olhos, eu deveria deixar o quarto sem demora. E, por favor, não deveria dizer nada, nem uma palavra.

Na ponta dos pés, entramos no quarto de Judit. Reinava uma atmosfera singular no cômodo escurecido, como se a jovem mulher jazendo na cama, com o nariz pontudo no rosto muito branco, tivesse acabado de falecer. Mas estava viva, conforme pude ver pelo tremor da mão que despontava sob a colcha branca. As pontas dos meus dedos, eu as apoiara com cautela sobre o tampo da mesa, a fim de manter o equilíbrio. Quanto tempo ficamos ali, os três homens ao redor da cama? Talvez um minuto e uma eternidade. Philippe, com seu belo rosto preocupado, possível amante e provável marido, caso o conselho administrativo de sua nobre família não negasse o consentimento. O dr. Bricault, um homem de talhe flaubertiano. E eu? Já fazia tempo que não sabia ao certo qual era meu papel naquela peça provinciana, mas, de todo modo, era eu quem mais tinha o que fazer. No momento, eu era o demônio, o vampiro que cravara os dentes no tenro pescoço da inocência. Depois de um verão inteiro, no qual pudera desempenhar todos os papéis possíveis e imagináveis, deveria agora pôr fim a minha carreira como encarnação do mal. Nada de aplausos, nada de mesuras, nenhum novo papel. Estava a ponto de abrir minha boca, que parecia colada, para, ao menos num sussurro, pronunciar o nome de Judit, quando as pálpebras da enferma começaram a bater, e eu logo senti a suave pressão do braço do dr. Bricault empurrando-me em direção à porta. Minha presença já não era desejada. Mais que isso, os dois senhores decidiram mandar que viessem buscar a enferma para interná-la num hospital, em local neutro, nas palavras de Bricault, onde a própria Judit pudesse decidir, depois, aonde iria e o que faria. Não havia lugar para mim naquele novo cenário, eu fora excluído. Mas, claro, tinha de assinar eu próprio minha exoneração; assim dispunham as regras do jogo.

27.

Alguns conseguem tudo; outros (quase) nada. A totalidade da história da música pode ser reduzida a essa fórmula. Das centenas de músicos que pude conhecer mais de perto ao longo de minha vida, três conseguiram. Os demais foram esquecidos. Alguns tornaram-se professores, escrevendo ainda uma ou outra coisa nas horas vagas; um certo número foi parar no rádio; e outros, ainda, arranjaram ricos casamentos, sendo-lhes permitido tocar nos saraus musicais da família. Para um polonês, que eu julgava o músico mais talentoso de nosso círculo varsoviano, consegui um emprego na ópera de Munique, como pianista dos ensaios de canto. Sua obra monumental, ele a mantém guardada em casa, em caixas embaixo do piano. Um húngaro que fez furor na década de 60 com *lieder* baseados em Endre Ady, eu o reencontrei num dos chamados cursos de verão no Sul da França, tocando uma sonata de Beethoven ao ar livre para turistas, op. 31 nº 2, com acompanhamento de aviões e grilos. Foi meu convidado por duas noites; então, teve de partir para o concerto seguinte; um mês depois, suicidou-se. Era um gênio musical, arriscou tudo e perdeu tudo. Nas lojas, não há uma única partitura ou CD dele para comprar. Escrevi um necrológio que ninguém quis publicar, porque todos pensaram que aquele músico era invenção minha. Foi somente quando apresentei seu ensaio sobre Karl Weigl que as pessoas começaram a acreditar que meu amigo não era fantasia da minha imaginação. Mas, como o próprio Karl Weigl caíra no esquecimento, tinha-se uma boa razão para apagar também a memória de Pál. Enviei meu necrológio para o antigo endereço em Budapeste; a carta voltou com o carimbo "destinatário desconhecido". Havia pouquíssimo tempo, sua música estava pelo mundo, era ouvida em toda parte; agora, perdera-se para sempre na criação. Além de sua morte, nada vai restar dele.

28.

Não era desagradável estar sozinho de novo. Desaparecem os afazeres que surgem quando duas ou mais pessoas vivem juntas, silenciam os chamados em voz alta, o ruído de passos, as eternas perguntas e admoestações. Eu trabalhava, alimentava os animais, saía para passear. Quando alguém é obrigado a providenciar seus próprios passatempos, ocorrem-lhe coisas que não vêm à tona em meio a um grupo de pessoas. Muitos preferem buscar companhia, outros suportam bem a vida de cônjuge e outros, ainda, encontram prazer em sentar-se ao lado das demais pessoas em jogos de futebol ou apresentações teatrais. Há aqueles que acham perfeitamente natural exercer seu domínio sobre os outros. E há aqueles que precisam ajudar os outros o tempo todo. Somente poucos, porém, são capazes de ficar sozinhos de fato. E, sendo eles tão poucos, são alvo de suspeita. Eu próprio desconfiava que, depois dos acontecimentos das semanas anteriores, seria alvo de suspeita. No café, às compras, em meus passeios, as pessoas me cumprimentavam, sim, mas era como se o dr. Bricault as tivesse aconselhado a não se aproximarem muito de mim. Perigo de contágio. Era-me conveniente: quanto menos se dirigissem a mim, menos eu precisava explicar. Acima de tudo, não precisava aceitar manifestações de pesar. Tinha levado a mulher à loucura, não era apropriado que se compadecessem de mim. Estava claro quem era a vítima e quem era o criminoso — simples assim eram as coisas naquele lugar que eu amava tanto. No meu caso, pesava também o fato de que ninguém podia mais ver a vítima. Não havia sequer uma mancha de sangue, uma arma, uma sepultura. Havia apenas minha casa, de novo coberta de mato, e seu habitante, que certa vez exibira sua verdadeira face. E corriam rumores, conforme Philippe me contou com certo orgulho.

De Philippe, eu me aproximara um pouco; junto com Grützmacher, com quem eu falava ao telefone às vezes, ele era o único fio confiável que me ligava ao mundo. Era um bom contador de histórias, engraçado, capaz de contar-me histórias maravilhosas de suas nobres tias e como elas, na ingênua esperança de terem alguma importância, viviam escalando a própria árvore genealógica. Mas não passavam de tias ingênuas, vaidosas, inúteis, seres casuais que nada mais tinham além do nome e se revoltavam com o fato de ninguém se interessar por ele. A família se aliara aos alemães e pagava por isso; ressentido, o pai se transformara no mais famigerado advogado dos colaboracionistas, embora fosse, na verdade, um fraco, medroso e covarde. A mãe, ao contrário — que eu só vira uma vez, de longe —, detinha o monopólio do talento artístico na família, pianista formada, mas tendo a fatura liquidada pela gota. Motivada em parte pelo tédio, em parte pela presunção, porque era incapaz de reprimir a vontade de tocar, ela, para horror do marido, fundara uma escola particular de música, de modo que a idéia dele de comprar e restaurar uma casa naquela região esquecida por Deus devia-se, na verdade, à intenção de afastá-la de Paris.

Fora também Philippe quem, numa ambulância, acompanhara Judit do hospital local até Munique. Ele cuidara das formalidades, uma vez que não é nada fácil levar uma húngara numa ambulância da França à Alemanha. Junto com Grützmacher, Philippe havia se esforçado por encontrar uma vaga numa clínica, tinha exposto ao médico de Judit o histórico da enfermidade e fora ele, ainda, que, como decerto falava com ela diversas vezes por semana ao telefone, a persuadira a parar com os estudos por um semestre e ir passar seis meses na Hungria. Se, no princípio, eu fora responsável pela organização da vida de Judit, Philippe o era agora, nessa fase difícil. Como o jovem se recusasse a aceitar remuneração de minha parte por sua atividade, tive de arcar com o sustento de Judit, o que fiz de bom grado, tanto mais porque Philippe soubera afinal pôr meu dinheiro para fazer aquilo que, na opinião de Judit, ele já devia estar fazendo desde muito tempo antes, ou seja, trabalhar e multiplicar-se, como recomendava a ética capitalista. Nem em sonho teria ocorrido a mim prescrever a meu dinheiro tão frenética atividade, mas Philippe era de outra opinião. Ele sempre o enviava para onde havia algo acontecendo, e a cada vez o dinheiro retornava mais rico. O diretor do Banque Nationale Populaire era provavelmente a última pessoa na cidadezinha a nutrir ainda algum respeito por mim, ou, ao menos, por minha conta.

Em meados de outubro, Philippe foi o último membro de sua família a partir para Paris. Pelo telefone, ele me relatava os progressos de Judit. Para mim, no entanto, continuava valendo a proibição de travar contato com ela, não me sendo permitido sequer escrever-lhe uma carta. Se o dr. Bricault não me fizesse visitas ocasionais para jogar uma partida de xadrez, muitos dias se passariam até que eu ouvisse uma voz humana, o que acelerou de forma extraordinária o trabalho na ópera. Eu podia enfim me concentrar apenas em minhas vozes, fazendo-se cada dia mais puras e claras, e logo estava certo de que, ao final do ano, teria algo a apresentar que satisfaria não apenas as minhas exigências, mas as de Judit também. A total solidão possibilitara em mim o despertar de uma capacidade em cuja existência eu nem acreditava mais. A música que agora brotava todo dia não se deixava imitar em laboratórios, porque suas regras e planos construtivos existiam apenas em minha mente, embasados num território da experiência que ninguém pisara antes de mim. Quer minha ópera chegasse ou não a ser apresentada, eu estava cheio de orgulho de tê-la colocado no mundo. Ainda maior confiança na qualidade de meu trabalho adquiri ao receber a surpreendente notícia de que minha composição *Silêncio I-XV*, uma meditação minimalista em quinze seqüências para instrumentos alternados, seria agraciada com um grande prêmio em Chicago, o que resultaria em que, agora, muitos conjuntos europeus incluiriam a peça em seu repertório. Estava preparado o terreno no qual minha ópera irradiaria seu brilho.

Bricault era um péssimo jogador de xadrez, mas um ótimo perdedor. Via-se por suas jogadas que ele tinha sempre a vitória diante dos olhos, a qual, no entanto, jamais seria obtida com seu modo de jogar. Perder peões era-lhe indiferente, contanto que o rei não fosse afetado. O senhor é um general de província, eu lhe disse certa vez, que quer muito galgar postos mais elevados e, por isso, está pouco ligando para a vida de suas tropas. Nem sequer se ofendeu; ao contrário: num lance absurdo, tornou a sacrificar de imediato uma de suas peças mais leais. Ele balançava os pés, passava, nervoso, a mão nos cabelos, tamborilava com os dedos na mesa — e cometia outro erro. É inconcebível, veio-me à mente de súbito, que sua prática médica obedeça a esse mesmo princípio. Mas sua sinceridade sempre tornava a me apaziguar, sua confissão de que não era um estrategista, embora desejasse sê-lo com freqüência. A intimidade de nosso contato aumentou consideravelmente. Um dia, ele me pediu para trazer consigo uma namorada, uma austríaca a quem ele falara com entusiasmo de minha solidão musical e que conhecera escalando montanhas. Agora, ela estava hospedada em sua casa, e Bricault não sabia como entretê-la. Ela adorava Mozart, Alban Berg não lhe dizia absolutamente nada, mas, em compensação, era excelente cozinheira. No meio do jantar, Bricault foi chamado por um paciente. Um consentimento expresso de minha parte teria bastado para ela trocar de namorado. O fato é que ela se levantara de um salto e, tendo eu permanecido à mesa, me abraçou por trás, porque, segundo disse, tinha de acontecer, somente tornando a se afastar de minha orelha porque não me mexi, mantendo as mãos sobre a mesa, ao que ela, então, voltou a se sentar, dizendo: espero que o senhor não pense mal de mim. Eu não estava pensando mal dela de modo algum, e lhe disse isso. Se Bricault não fosse voltar, informei, retribuiria o abraço. E então?, perguntou ela. Então ele nos flagraria. E então? Então eu teria de matá-lo. E então? Eu contrataria você imediatamente, como cozinheira. E então o senhor me deixaria louca, como fez com Judit, completou ela.

Graças a Deus, Bricault voltou logo e levou-a consigo. Às escondidas, ela me deixou um cartão, ou, de todo modo, encontrei-o sob seu prato ao tirar a mesa. Psicóloga de Wels; era mais ou menos o que eu já estava imaginando. Quase me transformara, também eu, numa vítima.

No final de novembro, o silêncio adquirira proporções ameaçadoras. Eu me assustava quando o vento fazia bater uma janela da casa, e acordava de pesadelos terríveis à noite, quando o gato, dormindo a meus pés, se mexia em seu sono. Estava na hora de retornar ao convívio com as pessoas. Eu fizera cópia das partituras na cidade e a enviara a Munique; tratava-se agora de preparar a casa para o inverno. Como ninguém na cidadezinha estava disposto a me ajudar no jardim, Bricault me enviara um jardineiro da cidade vizinha, um homem simpático, com quem eu compartilhava meu almoço. Enquanto ele cortava os arbustos, eu arrumava a casa. Deixei-a de novo como havia sido antes da chegada de Judit. Tornei a fazer dela a minha casa. Passados cinco dias, o jardineiro tinha terminado seu trabalho. Telefonei para Philippe, em Paris, a fim de despedir-me, e comuniquei a Bricault que estava indo passar o inverno em Munique. Quase não consegui impedi-lo de fazer ainda uma última visitinha. Uma última partida, pediu ele ao telefone, mas permaneci irredutível. Em maio, respondi, em maio jogamos de novo.

Arrumei a bagagem no carro, para partir logo de manhã. Levei a chave da casa e dinheiro para a mulher que tomava conta do *château* dos pais de Philippe, para que ela cuidasse dos animais. Então, como já havia guardado a roupa de cama, peguei uma coberta e fui me deitar no sofá, pretendendo dormir. Claro que não consegui pegar no sono.

Algo se acabara. Eu fizera todo o possível para me tornar diferente de mim, mas não sabia se tinha conseguido. Em princípio, só tinha certeza de não ter mais as coisas nas mãos. Ainda assim... Quando criança, eu aprendera a ter uma visão de conjunto. Na juventude, exigiram de mim que não deixasse nada ao acaso. Como estudante, cabia-me descobrir as artimanhas do acaso, a fim de poder empregá-lo no trabalho.

E agora?

Era agradável e libertador ter aberto a porta ao acaso. Ele

batera tão baixinho que eu quase não pudera ouvi-lo. Agora, fizera-se uma espécie de administrador de minha vida. Ou deveria dizer administradora? De qualquer modo, uma força que brincava comigo, uma força cada vez mais forte que eu. Um dia, preciso esconder dela o que sou, pensei comigo; depois, devo ter adormecido.

29.

A manhã estava singularmente quente, quente demais para uma despedida. Talvez fosse a última frente de calor vinda dos Pireneus, a um átimo das fortes chuvas. De todo modo, as abelhas dedicavam-se já, diligentes, ao trabalho, e a família de salamandras que morava no poço terminara o café-da-manhã. Permaneçam fiéis a mim, disse-lhes ao tampar o poço. No vale, a névoa pairava ainda feito um pesado deserto branco, ao passo que as colinas azul-violeta já se haviam libertado dela. Uma beleza brusca descortinava-se aos olhos sonolentos, que buscavam a paisagem com um profundo sentimento de gratidão. Precisei chamar-me à ordem para valer, a fim de não tornar a me entregar. O equipamento de jardinagem precisava ser guardado no galpão, onde fazia ainda um calor sufocante, como se ele tivesse perdido a mudança de estação. Por hábito, eu trancava o galpão, embora qualquer ladrão treinado fosse capaz de abri-lo sem esforço. Provavelmente, bastava um único chute na madeira podre. Para mim, era como se eu tivesse vivido ali uma vida incompreensível, ainda que tudo fosse simples e claro. Ao ouvir o trinco definitivo da última porta se fechando, atravessou-me uma dor fugidia. Naquela casa, ficara algo de mim que, mesmo voltando ali um dia, eu não conseguiria mais abrigar em minha vida. Todo mundo sempre deixa algo de si para trás, porque esse algo não cabe mais em sua vida; no entanto, nem por isso, tem a sensação de ter ficado mais pobre. Por outro lado, há pessoas incapazes de se separarem do que quer que seja. Contam sem cessar e à exaustão a seus ouvintes as histórias da própria infância, por medo de perdê-las. Nem uma única palavra pode ser esquecida! Essas pessoas morrem tendo nos braços o mesmo ursinho em companhia do qual cresceram. A lacuna do ouvido ausente foi preenchida com carinho, como se vê, mas vê-se também que foi preenchida.

Na altura de Lyon, já não havia como avançar. Mas de onde vinham tantos carros?! Naquele outubro, não apenas toda a população centro-européia havia se mudado de mala e cuia para o Sul da França, a Espanha ou Portugal, bem como todos os habitantes do Sudoeste europeu haviam sido atraídos, por razões igualmente misteriosas, para a gelada Europa Central. Uma incompreensível redisposição parecia ter lugar, uma troca completa, a se acreditar que todos aqueles caminhões de transportadoras estavam de fato carregados de móveis. Eu provavelmente seria recebido em Munique pelo dr. Bricault. E era evidente que Bricault insistira em beber leite francês em Munique, se todos aqueles caminhões de transporte de leite estavam, de fato, carregados de leite.

Em segunda marcha, cheguei a Genebra, se Genebra ainda não havia sido jogada no lago pela chuva insistente. Não via nada a não ser carros. O tráfego só foi clarear já no lago de Constança, e era até de espantar que, ao lado da estrada, ainda houvesse uma realidade com casas, vinhas e vacas aqui e ali, aguardando rabugentas e pensativas a chegada da noite sob a derradeira luz do sol.

Em Bregenz, arranjei um quarto. Um desses quartos tristes com carpete marrom e pássaros no papel de parede. E um aparelho de televisão montado sobre um suporte giratório, de modo que, de manhã, se podia ligá-lo logo após o despertar. Dezessete canais, dois dos quais tocando minha música. O minúsculo comissário que me deixara rico culpava uma dona-de-casa paralítica pelo assassinato da secretária do marido. O caso já estava mais ou menos esclarecido quando liguei a TV. Um marido decepcionado, com aspecto de quem teria muita facilidade em manter um relacionamento com duas mulheres ao mesmo tempo, algo decerto desejável à maioria dos homens, ou o tema não teria sido escolhido. Diante dele, a mulher na cadeira de rodas, ansiando pelo final das filmagens para, enfim, poder de novo andar por aí desimpedida. Ela não conseguia chorar direito, razão pela qual ficava batendo com a mão no rosto e começou a tremer. Eu pensava sobre quantas mulheres em cadeiras de rodas havia nas prisões alemãs, quando a jovem camareira chegou, trazendo um sanduíche e uma garrafa de vinho. Para alcançar a gorjeta em minha jaqueta, precisei segurar a moça pelos quadris, ou a teria derrubado na cama. Da próxima vez, pedimos um quarto de casal, brinquei, sem esperar por uma resposta. Agachei-me para pegar o trocado no bolso da jaqueta ao som do tema de encerramento, que Grützmacher tornara ainda mais vigoroso em sua máquina. O que a senhorita acha?, perguntei à camareira, olho no olho, como em primeiro plano, e depositei a nota de cinco marcos em sua mão. Não achava nada, desejou-me boa-noite e desapareceu. Enquanto ela fechava a porta do quarto, tive de pensar em Judit. Então, a porta enfim se fechou.

* * *

Na auto-estrada para Munique, avancei rápido. Deixei-a na altura do lago de Ammer e segui pela estrada secundária, atravessando a clara manhã. No rádio, Wilhelm Kempff tocava uma sonata de Beethoven. Despedida e chegada coincidiam de modo a quase me pôr lágrimas nos olhos. Com esforço alcancei minha rua, estacionei o carro e arrastei a bagagem para dentro da casa silenciosa. Estava tudo arrumado e no lugar certo. Eu pedira a Grützmacher que mandasse fazer uma faxina, porque não sabia como Philippe e Judit haviam deixado a casa. O violoncelo de Judit estava apoiado à mesa da sala de jantar, sobre a qual havia um grande e colorido buquê de flores.

A correspondência estava na biblioteca, sobre uma mesinha auxiliar adquirida por Judit. Vi de imediato a carta de Maria, puxei-a e coloquei-a a um canto. As demais cartas, amassei-as num bolo comum e joguei tudo na cesta de lixo, sem ler. O que tinha ainda a fazer? Peguei a carta de Maria e li meu nome diversas vezes, como se tivesse de guardá-lo na cabeça. Abrir, eu não precisava, porque conhecia o conteúdo de cor, palavra por palavra. Passei um longo tempo sentado ali, bem quieto, e deixei que as imagens desfilassem por minha mente. Mas não havia mesmo razão para abrir a carta.

30.

No Museu Nacional de Budapeste há um desenho singular para se admirar, que muitas e muitas vezes contemplei ao lado de Maria. Ficava numa vitrine, num dos cantos escuros do pavimento térreo, de tal forma que era preciso curvar-se bastante para poder ver alguma coisa. Uma figura feminina retratada de forma dramática, vestindo uma espécie de toga de um tecido macio e fluido, as pernas dobradas para a direita. Seu olhar é sombrio, porque ela tem uma ave de rapina pousada na mão direita de seu braço estendido, claramente a arrancar-lhe absorta a carne dos ossos. A ave, contudo, não se deixa perturbar pela ameaça do indicador em riste da mão esquerda da mulher. À direita, atrás dela, vê-se um bote. Ela chegou naquele bote? Quer fugir nele? Aos pés da mulher, há ainda uma tartaruga, observando a luta com certo interesse.

Esta sou eu, Maria disse ao vermos o desenho pela primeira vez: seria impossível retratar melhor minha situação.

Eu olhava enfeitiçado para o pequeno desenho em papel azul, para o rosto irado da jovem mulher, para o movimento do corpo.

Então, sou a tartaruga, respondi, entusiasmando-me de imediato com aquela divisão de papéis. Maria, a mulher irada; eu, o tranqüilo animal encouraçado, a quem a ave de rapina nada pode fazer. Você é um idiota, foi o comentário de Maria: Você é o açor, busardo ou falcão que está me destruindo. Vim sozinha para essa ilha protegida dos ventos, para enfim ter paz, e estava já me despindo para um banho ao sol. Veja, o seio direito já está à mostra. Até a tartaruga, que me acompanhara até a terra, eu virei para o outro lado, para que seus olhos antiqüíssimos não pudessem ver minha nudez heróica. E justamente quando pretendia deixar cair no chão minhas vestes fluidas, para, então, pousar a cabeça à sombra do bote, ouvi de súbito um murmúrio no ar, que logo se transformou num estalo seco e odioso. Essa é a razão pela qual eu, que estava ajoelhada no instante anterior, fui retratada nessa posição singular. Sim, pois, como se pode ver com clareza, você logo se apoderou de minha mão, fincou as garras em meus dedos e, sem demora, começou a picar as costas da minha mão feito um vampiro que acordou uma hora atrasado. Agora, em vez de ter meu sossego, contemplo seu rosto voltado para o outro lado com um gesto de horror, e o que, um momento antes, era em mim graça natural, transformou-se de pronto em frieza marmórea. Nessa posição, eu poderia muito bem passar por um alto-relevo numa lápide.

E, na tumba abaixo de mim, estará você.

Agradeço a Ralph Dutli e Egon Ammann, sem cuja magnífica edição de Mandelstam não teria havido um projeto Mandelstam.*

---

* O autor se refere aos diversos volumes da obra de Ossip Mandelstam publicados pela editora suíça Ammann Verlag, em tradução alemã de Ralph Dutli. Provêm daí os poemas citados às páginas 25, 27 e 63 desta edição, todos em alemão no original. (N. T.)

ESTA OBRA FOI COMPOSTA PELO ESTÚDIO O.L.M. EM ELECTRA,
TEVE SEUS FILMES GERADOS PELO BUREAU 34 E FOI IMPRESSA PELA
GRÁFICA BARTIRA EM OFF-SET SOBRE PAPEL PÓLEN SOFT DA COMPANHIA SUZANO
PARA A EDITORA SCHWARCZ EM MAIO DE 2002